LE JEU ET LA CHANDELLE

TIMBERWOLF LODGE
TOME 1

VIVIAN AREND

THE ALPHA OPTION / Le Jeu et la Chandelle
Copyright © 2022 par Arend Publishing Inc.
Livre Électronique ISBN : 978-1-998508-17-4
Livre Imprimé ISBN: 978-1-998508-18-1
Correction de la version originale par Angie Ramey
Relecture de la version originale par Manuela Velasco & Linda Levy
Traduit par Adeline Nevo and Valentin Translation
Conception de la couverture par Croco Designs

1

Une fois arrivé au sommet de la colline, Jace Carter freina. La vallée s'étendait à ses pieds dans un mélange de délicat vert printanier et de bleu de lac chatoyant. Il avait besoin d'un petit arrêt pour se remémorer les souvenirs et se remettre les idées en place avant de poursuivre sa route.

Insensible à la sentimentalité de l'instant présent, le moteur de son pick-up emprunté gronda de manière inégale, toussa deux fois et cala.

Jace marmonna un juron, et s'extirpa de la cabine pour réfléchir à ses raisons de se trouver à Jasper, en Alberta.

Timberwolf Lodge. Les souvenirs affluèrent...

Les vacances d'été avec sa famille élargie. Les journées *farnientes* à se baigner dans le lac avec ses cousins. Tante Rachel et oncle Jim qui n'avaient pas eu d'enfants et qui agissaient comme parents de meute pour tous les enfants présents.

Le dernier été de Jace ici remontait à l'année de l'obtention de son diplôme universitaire. Les six années qui s'étaient écoulées depuis auraient tout aussi bien pu être soixante à en juger par l'aspect négligé de ce qu'il voyait.

Un kilomètre plus bas, au pied de la colline, le pavillon et les chalets parsemaient la pelouse entre la rive du lac et la lisière des bois qui constituait la nature sauvage. L'entrée du pavillon respirait encore la grandeur. D'énormes poutres en bois montaient au ciel au-dessus de la double porte d'entrée, créant une zone centrale en forme de A qui aurait pu rivaliser avec un château pour l'aspect imposant. Les trois ailes du pavillon comportaient des chambres d'amis, un salon et une cuisine, dont les fenêtres donnaient sur le lac.

Mais la façade en bois était décolorée, le toit avait connu des jours meilleurs et les mauvaises herbes avaient pris le contrôle des espaces de vie extérieurs.

Jace avait pratiquement été sommé de venir.

— Qu'est-ce que tu mijotes, tante Rachel ? demanda-t-il en inspirant et emplissant ses sens des odeurs de la région.

Hmm. Quelqu'un se trouvait dans les bois à sa droite. Une seconde plus tard, une branche se brisa et Jace résista à l'envie de lever les yeux au ciel.

Il poussa alors un soupir audible tandis que son cousin apparaissait timidement.

— Salut, Blue. Tu as picolé hier soir ? demanda Jace.

C'était la seule bonne explication – ou pas si bonne – expliquant le sérieux manque de discrétion de l'homme.

— Je ne voulais pas te surprendre, répondit Blue en réprimant un sourire. Tout le monde ne peut pas supporter d'être soudainement confronté à ma magnificence.

Dans un geste théâtral, il passa une main sur son torse tel un animateur de jeu télévisé exhibant des bijoux inestimables, mettant ainsi en valeur sa chemise hawaïenne citron vert et son short de bain rose à carreaux rouges.

Jace grimaça.

— « Choc » serait un terme plus adapté. Te regarder, c'est comme regarder le soleil. Ça m'aveugle, cousin.

— J'ai une tenue assortie à celle-ci si tu veux.

Jace fit mine de considérer l'offre avant de répondre.

— C'est généreux de ta part, mais ne traumatisons pas les locaux plus que tu ne le fais déjà.

Il tendit la main et serra fermement celle de Blue avant d'attirer l'homme dans une étreinte chaleureuse.

Blue soupira de contentement en donnant une tape dans le dos de Jace.

— Tu es parti depuis longtemps. Trop longtemps, déclara-t-il avant de reculer et lui lancer un regard noir. Je suis énervé qu'il ait fallu que quelqu'un te donne une propriété pour que tu rentres à la maison.

Jace secoua la tête.

— C'est complètement fou. Comment allait tante Rachel la dernière fois que tu l'as vue ? J'ai juste entendu dire qu'elle voulait voyager.

Blue haussa les épaules.

— Elle a perdu tout intérêt pour le lodge à la mort d'oncle Jim.

C'était il y a quatre ans. Comment est-ce que les choses avaient pu dégénérer si rapidement ? Le regard de Jace se posa sur le pavillon délabré.

Son cousin leva les mains en signe de protestation.

— Hé, j'ai essayé. Je m'occupais des maintenances qu'elle m'autorisait à faire, mais même moi, je ne pouvais pas la convaincre de me laisser gérer les choses à sa place. Quand elle disait non, c'était irrévocable.

Il était effectivement impossible de convaincre un loup qui ne voulait pas changer. Pas tant qu'il était sur son propre territoire.

Blue poursuivit :

— Quand elle s'est enthousiasmée à l'idée de voyager, j'en étais heureux. Elle est passée à mon atelier, tout excitée, il y a environ deux mois. « Tant de projets, tout se met en place », qu'elle a dit.

Jace passa une main dans ses cheveux. Il avait reçu un appel des avocats le mois dernier seulement.

— Il y a deux mois, tu dis ?

Blue réfléchit avant de confirmer :

— Oui j'en suis presque sûr. Oh, attends, ajouta-t-il en fouillant dans sa poche pour en sortir une enveloppe. Tu vois ? Elle l'a datée et m'a dit de te la donner dès ton arrivée.

L'écriture soignée de sa tante illumina le visage de Jace. Datée du 1er avril, l'enveloppe portait son nom et la signature audacieuse de sa tante.

Jace l'ouvrit rapidement puis souleva la feuille pour que Blue puisse la lire à ses côtés.

Jace,
Après le décès de Jim, j'ai eu du mal à savoir ce qu'il fallait faire. À présent l'inspiration est venue et je sais exactement de quoi j'ai besoin. Pour moi, pour vous, pour votre génération, et plus encore. Jim a toujours voulu jouer un rôle dans notre communauté avec Timberwolf Lodge. Et maintenant ce sera le cas.

Je ne reviendrai pas de mon vivant. Timberwolf doit continuer à vivre, et comme je n'ai pas d'enfants, tu as gagné à la loterie.

Félicitation. Tu me remercieras un jour.

Il y a un ou deux petits détails à ajouter. La propriété

t'appartient. Tu es le gérant, pour ainsi dire. Mais le pavillon en particulier a besoin d'une touche féminine.

J'ai donc lancé une loterie en ligne et je l'ai donné.

Jace rapprocha la lettre et relut la dernière ligne. Quoi ? Elle a *donné* quoi ?

— Elle...

Avait-il mal compris ?

— J'ai bien lu ? demande-t-il en pointant du doigt la ligne en question.

— Si tu lis qu'elle t'a donné la propriété, mais qu'elle a laissé le pavillon à une inconnue trouvée sur Internet..., rétorqua Blue avant d'émettre un son dubitatif. Oui, tu as bien lu.

C'était probablement illégal, mais tout à fait le genre de décision familiale acceptable dans la plupart des meutes de loups.

Ils se rapprochèrent tous les deux pour finir de lire.

C'est alors que des cris retentirent. D'abord ceux d'une femme, suivis d'un cri profond, presque grondant, qui résonna dans les montagnes voisines.

Jace, suivi de Blue, s'élança le long du chemin menant au pavillon délabré de Timberwolf Lodge.

Cassidy Rundle tenait un long balai à la main et l'agitait de la manière la plus menaçante possible en direction de la silhouette ressemblant à Bigfoot qui se tenait face à elle, au milieu de sa nouvelle cuisine. Sa surabondante chevelure lui couvrait le visage, mais pour le reste, il était complètement nu.

Elle agita le balai comme pour essayer de le faire sortir par la porte de la cuisine.

— Dehors.

L'homme croisa les bras sur son torse et haussa un sourcil. La façon dont il la toisait indiquait clairement qu'il ne la considérait pas comme une menace.

— Non.

Mince. Si seulement elle était plus grande ou plus armée. Qu'était-elle censée faire face à cet intrus avec juste un balai ? Le raisonner ?

— J'ai appelé les flics, déclara une voix derrière Cassidy. Vous feriez mieux de partir avant leur arrivée.

Après être innocemment entrée dans le pavillon et découvert l'intrus, Stephanie Nix – la meilleure amie de Cassidy – s'était retirée vers le salon, et se tenait maintenant dans l'immense hall d'entrée. Elle avait ouvert en grand la porte d'entrée surdimensionnée, ce qui était une bonne chose à tous points de vue, décida Cassidy. Cela signifiait que si elles devaient courir pour des raisons de sécurité, il y avait un chemin clair vers les grands espaces.

Monsieur Poilu renifla bruyamment, visiblement amusé.

— Ça m'étonnerait. Ça ne capte pas ici.

Encore zut. D'après les petits jurons lâchés par Stephanie dans son dos, Cassidy comprit que c'était effectivement du bluff.

— Vous ne devriez pas être ici, répondit-elle. Et vous devriez aussi vous habiller. C'est notre maison, mais si vous avez besoin d'aide pour trouver un endroit où vivre, nous serons heureuses de vous aider.

— Une fois que vous serez habillé, ajouta Stephanie.

L'homme bâilla en s'étirant. Cassidy détourna

délibérément le regard de tout ce qui se trouvait sous son cou, mais ce n'était pas facile. C'était un... grand homme... pour ainsi dire.

Il ouvrit la bouche, mais quoi qu'il ait voulu dire, cela se transforma en un grognement de douleur alors que quelque chose de bleu passait devant Cassidy et frappait l'intrus.

La seconde suivante, une tache de couleurs fluorescentes rejoignit le groupe, puis il y eut soudain trois hommes costauds sur le sol de la cuisine. Le tout-nu grognait et jurait de manière créative au possible.

Stephanie saisit Cassidy par le bras et la tira en arrière.

— Il vaut peut-être mieux qu'on aille relire les documents. Parce que je ne me souviens pas que ça fasse partie de l'accord : l'homme nu et la bagarre, je veux dire.

Cassidy resta là, le balai toujours fermement pointé en direction de la pile qui ne se tortillait plus. Dieu merci, leur intrus nu était couché au sol, face contre terre. Un homme aux cheveux noirs et vêtu d'un jean le maintenait en pressant un bras contre son dos, et ses jambes étaient immobilisées par un blond aux boucles de surfeur vêtu d'une tenue de plage voyante.

L'homme aux cheveux noirs tourna la tête vers elle.

— Ça va ?

Le connard au sol répondit avant que Cassidy ne puisse le faire :

— Elle va bien. Et l'autre, c'est pas des poumons qu'elle a, mais un tuba.

— Il n'y a pas qu'elle qui criait, se moqua le surfeur avant de tapoter l'épaule de son ami en jean bleu. Je connais Marvin. Tu veux que je m'occupe de lui pendant que tu parles aux dames ?

— Bonne idée, dit l'homme en bleu.

Cassidy n'était pas du même avis.

— Même si je suis très heureuse de ne pas être en danger – en fermant les yeux sur le manque d'hygiène d'avoir un homme nu dans ma cuisine – personne ne résoudra quoi que ce soit sans que je connaisse tous les détails. C'est chez moi...

— ... et chez moi, s'immisça Stephanie en essayant de réprimer le frémissement de sa voix. Et je n'aime pas non plus les gens nus ou insalubres dans ma cuisine.

— Merci, Stephanie. Tu as tout à fait raison. C'est aussi chez toi.

Cassidy se tourna vers les trois hommes immobiles au sol, comme dans un étrange tableau grec

— J'aimerais, s'il vous plaît, que vous sortiez tous de cette cuisine. Et les personnes nues qui aimeraient participer à la conversation peuvent enfiler des vêtements. Nous reprendrons la discussion devant le brasero dans cinq minutes.

Elle saisit Stephanie par le bras et toutes deux se retirèrent en sécurité dans leur voiture.

Ce n'est qu'une fois les portières verrouillées que Cassidy s'autorisa à poser son front sur le volant et à reprendre sa respiration.

Stephanie inclina son dossier le plus possible, ce qui était peu compte tenu de la quantité de choses posées sur la banquette arrière, et laissa sa tête retomber contre l'appuie-tête.

— D'accord, dit-elle en poussant un gros soupir. C'était inattendu.

Le silence retomba. Cassidy jeta un coup d'œil à Steph pour découvrir que son amie l'observait. Leurs lèvres se contractèrent, puis elles éclatèrent toutes les deux de rire.

Mais l'amusement s'estompa rapidement. Cette situation était trop étrange.

— Je suppose que gagner un hébergement touristique à une loterie ne vient pas sans quelques bizarreries.

Stephanie examina Cassidy, les yeux bleus ombragés d'inquiétude.

— Est-ce que ça va marcher ? Parce qu'il le faut.

— Ça va marcher, lui assura Cassidy.

— Stacy a besoin d'un endroit pour les enfants et j'ai déjà investi toutes mes économies dans l'installation d'un nouveau spa ici.

Cassidy posa la main sur le bras de son amie.

— Ça marchera. Je te le promets.

Même si Cassidy devait vendre son âme pour y arriver.

Toutes les trois avaient besoin de quelque chose de nouveau et de positif dans leurs vies. Même si cette loterie avait semblé trop belle pour être vraie, la gagner l'avait été encore plus. Pour le meilleur ou pour le pire, elles avaient fait le trajet de quatre jours, et maintenant elles étaient à Jasper, là où elles comptaient vivre.

Cassidy se redressa et releva le menton.

— Tu te sens capable de leur parler, ou tu veux que je le fasse ?

Steph secoua la tête.

— Je viens avec toi. Je dois parler non seulement en mon nom, mais aussi en celui de Stacy. Je vais me ressaisir et t'accompagner.

Elle marqua une pause, ouvrit la boîte à gants et en sortit un étroit tube métallique qu'elle glissa dans sa poche.

— Là, je suis prête.

Cassidy sourit.

— S'il te plaît, n'utilise pas ce spray au poivre sur qui que ce soit, sauf en cas d'absolue nécessité.

— Alors ils feraient mieux de ne pas nous embêter. Parce que je suis armée et je n'ai pas peur de l'utiliser, rétorqua Stephanie avec une lueur diabolique dans le regard indiquant qu'elle ne plaisantait pas.

À vrai dire, Cassidy non plus.

2

---

*L*es femmes étaient parties avant que Jace ait eu le temps de placer un autre mot. Ce qui n'était pas plus mal parce que tout son corps était en état d'alerte, et pas seulement parce qu'il y avait des inconnues dans la maison de sa tante.

Face à son odeur persistante – celle de la petite brune au caractère bien trempé avec des jambes de tueuses – le loup en lui se redressa, attentif.

Pas maintenant, se morigéna Jace. *Ne te laisse pas distraire quand la situation reste encore potentiellement dangereuse.*

Heureusement, la brute que lui et Blue avaient plaquée au sol ne fit pas d'histoires.

— Vous allez vous décider à me lâcher, ou est-ce qu'on va prendre racine ? grommela-t-il.

Blue asséna une claque sur la tête de l'homme alors qu'ils se relevaient tous.

— C'est quoi ce bordel, Marvin ?

Bon sang, cet homme était un sacré malabar.

Certainement un métamorphe, même s'il avait fallu un moment à Jace pour deviner l'espèce.

— Pourquoi est-ce qu'il y a un métamorphe élan dans le pavillon de tante Rachel ? demanda-t-il à Blue.

— D'après ces femmes, c'est leur pavillon, et lui le squatte, expliqua Blue en pointant Marvin du pouce.

— Pas du tout, protesta Marvin, dont l'indignation semblait sincère. Rachel me devait une faveur, et elle a dit que je pouvais vivre ici aussi longtemps que je le voudrais, et je le veux. Peu importe qu'elle soit partie pour une destination inconnue. Elle m'a fait une promesse.

Jace indiqua la porte de la cuisine avant de déclarer :

— Tu as des vêtements par ici, ou tu vis tout le temps en tenue d'Adam ces jours-ci ?

Marvin inclina le menton vers la petite porte du couloir.

— Si tu veux savoir, je faisais ma lessive. C'est plus facile de tout laver en même temps. Et puis ce n'est pas comme s'il y avait quelqu'un pour se plaindre du fait que j'expose ma quincaillerie.

Un léger ricanement échappa à Blue.

— Jace, tu te pinces déjà l'arête du nez. J'ai l'impression que tu vas bien t'éclater avec toute cette histoire.

Bon sang. Blue avait raison. C'était une mauvaise habitude et une terrible histoire.

Jace déplaça ses doigts plus haut et se frotta le front avant de prendre une profonde inspiration et regarder Marvin droit dans les yeux.

— Habille-toi, et sors d'ici. Les dames sont humaines, nous devons donc trouver une solution qui convienne à tous, compris ?

Marvin soupira en signe de contrariété.

— Je ne suis pas un enfant.

— C'est évident avec tous tes poils. Bon sang, mec, j'ai

un rasoir en trop que je peux te prêter, marmonna Blue avant de faire un bond hors de portée du poing massif de Marvin.

Devant la porte de la cuisine, Jace était confronté à un mélange sauvage de bons souvenirs et de tristesse. L'immense brasero où ils avaient passé de nombreuses et agréables soirées était toujours là. Oncle Jim jouait alors de sa guitare, pendant que les amis et la famille chantaient sous forme humaine ou de loup.

À présent, il ne subsistait aucune des petites touches de tante Rachel. Pas de guirlandes lumineuses scintillantes ni de torches à la citronnelle. Les mauvaises herbes avaient tout envahi et une énorme collection de canettes de bière était empilée en forme de château à côté du brasero.

Blue s'arrêta devant l'œuvre d'art recyclée et baissa les yeux dessus.

— J'ignorais que Marvin était encore là.

— Et il a visiblement l'intention de rester.

Jace jeta à nouveau un regard circulaire autour de lui. Le pavillon contenait un espace permettant de recevoir du monde pour les repas, ainsi qu'une douzaine de chambres réparties dans deux ailes séparées. Mais il y avait aussi plusieurs chalets dispersés sur la propriété.

Des solutions possibles commençaient à germer dans son esprit.

Le bruit des portières d'une voiture qui claquaient ramena Jace au présent.

— Tu aurais du temps pour t'occuper de cet endroit ? demanda-t-il rapidement à son cousin.

Blue était un loup Omega, ce qui signifiait qu'il occupait une place à part dans la hiérarchie de la meute. Passer du temps avec Jace ne mettrait pas Blue en danger, mais il était important pour Jace que son cousin fasse le choix lui-même et qu'il n'y soit pas poussé.

Blue hocha lentement la tête.

— J'ai deux ou trois petits projets au magasin, mais si tu parles de remettre en état cet endroit, je suis ton homme.

— Tu veux vivre ici ou en ville ?

Son cousin fronça les sourcils.

— Ça serait trop contraignant de faire l'aller-retour. Et mon logement au-dessus du magasin n'est pas aussi beau que ce que je pourrais arranger ici. À condition que les nouvelles propriétaires du pavillon soient d'accord.

C'était ce que pensait Jace aussi.

Les femmes tournèrent au coin de la maison. La porte de la cuisine s'ouvrit et Marvin sortit, entièrement habillé et portant un paquet de vêtements.

Rapidement, avant que les deux groupes se rejoignent, Jace hocha fermement la tête.

— D'accord. Je ne sais toujours pas ce qu'avait prévu tante Rachel, mais nous allons faire en sorte que ça marche. Je trouverai un moyen d'arranger les choses.

Blue posa une main sur l'épaule de Jace.

— C'est ce que tu fais toujours.

Oui, effectivement. Que Dieu lui vienne en aide.

Jace avait passé des années à monter sa propre entreprise. Carter Wells faisait le bien dans le monde en fournissant des sources d'eau douce bon marché aux communautés isolées. Mais maintenant, au lieu d'exercer son métier de PDG et tout ce que cela impliquait, il était là, contraint de jongler entre son travail et la position de médiateur et de gérant, par caprice de sa tante.

Il n'avait pas le temps pour ces bêtises. Cela n'avait aucun sens qu'il laisse tout tomber et retourne à Jasper. Et pourtant, pas un instant il avait envisagé d'ignorer la sommation de sa tante.

Qu'il en soit ainsi, songea-t-il. Cela faisait partie de la vie de loup. Même s'il ne faisait plus partie de la meute Jasper depuis de nombreuses années, manifestement les choses allaient changer.

Il espérait que son cousin Del ne lui compliquerait pas la tâche.

IL Y AVAIT quelque chose de rassurant à avoir Stephanie à ses côtés, armée et dangereuse. En se souvenant des rapides recherches qu'elle avait faites avant de prendre la route pour cette aventure, Cassidy se plaça face au vent, devant les trois hommes qui se tenaient près du brasero.

Si quelqu'un devait être touché par du gaz poivré, ce ne serait pas elle ou sa meilleure amie.

Elle remarqua avec approbation que le bel homme en bleu se plaçait stratégiquement entre elle et l'intrus habillé, mais toujours aussi massif.

Maintenant qu'ils étaient face à face, elle prit un moment pour regarder attentivement leurs sauveteurs — même si elle et Steph se débrouillaient très bien toutes seules.

Celui aux commandes était manifestement l'homme en jean. Cheveux châtain foncé de longueur moyenne, et des yeux bleu nuit qui la regardaient avec franchise pendant qu'elle poursuivait son examen. Sa mâchoire était carrée et ses lèvres généreuses avec un nez légèrement anguleux. Contrairement à son ami qui était, au mieux, habillé en style hippie chic, celui-ci portait une belle chemise en flanelle avec un jean Levi's flambant neuf.

Lorsqu'il lui tendit la main, elle l'accepta, et une soudaine secousse passa de ses doigts aux siens. Pas un choc électrique ou une pression odieuse, mais quelque chose quand même... Du charisme ? Du magnétisme ?

C'était comme si une puissance illimitée se cachait sous ses muscles.

— Jace Carter, déclara-t-il en lui serrant la main avant de faire de même avec Stephanie. Voici mon cousin, Blue.

— Cassidy Rundle. Ravie de vous rencontrer, j'imagine.

Blue émit un ricanement qu'il transforma en toux tout en essayant de cacher son sourire.

— Ouais, on comprend, dit-il.

Le géant à l'arrière ne prit pas la peine de tendre la main.

— Je m'appelle Marvin, dit-il en relevant le menton. J'habite ici.

Il lâcha alors un souffle quand Blue lui donna un coup de coude au ventre. Stephanie prit une profonde inspiration et recula d'un demi-pas, la main dans sa poche. Cassidy posa une main sur le bras de son amie pour la rassurer avant de lever un sourcil vers Blue.

— Peut-être qu'on pourrait éviter toute violence physique et utiliser des mots ?

— Elle a raison. Blue, arrête ça. Marvin..., déclara Jace en pointant son doigt vers le malabar qui venait d'ouvrir la bouche. Ferme-la. On trouvera une solution, mais tu représentes une grande partie du problème.

— Il doit s'agir d'un malentendu, déclara Stephanie. Nous sommes propriétaires de Timberwolf Lodge.

Jace fit un mouvement circulaire avec sa main.

— Dites-m'en plus. Je vous crois, s'empressa-t-il d'ajouter avant que Cassidy proteste. Mais je n'ai pas les détails.

D'accord. C'était faisable. Cassidy tapota sa poche, rassurée sur le fait que la copie des documents soit là et bien réelle.

— Il y a quelques mois, j'ai vu un message sur les réseaux sociaux concernant un pavillon en pleine nature dans la région de Jasper. Une femme âgée y parlait de tout ce qu'elle et son mari avaient accompli, en disant que maintenant qu'il était parti, elle n'y arrivait plus. Elle ne voulait pas vendre la maison à un grand conglomérat, mais à des gens qui sachent l'apprécier.

Voyant Jace hocher la tête pour l'encourager, Cassidy continua :

— Ça a attiré mon attention. J'étais dans un travail sans issue, Stephanie avait besoin de changement, et sa sœur devait...

Son regard se tourna vers Stephanie avant de revenir vers Jace.

— Eh bien, peu importe. Mais on a pensé que ce serait une bonne idée. On a déjà vu des émissions sérieuses à ce sujet sur Netflix, alors j'ai participé à la loterie.

— Deux semaines plus tard, un avocat a sonné à notre porte avec tous les documents, termina Stephanie dont les joues avaient repris leurs couleurs. On a donné notre préavis pour notre appartement, vendu ce qu'on ne voulait pas et on s'est mises en route, déterminées à remplir les conditions.

Blue se rapprocha de Stephanie, la posture plus détendue.

— Vous devez remplir des conditions ? Et juste pour info, cet endroit appartenait à notre tante, d'où notre présence.

C'était une information très utile.

— Super. Ça signifie que vous savez qui est le gérant.

Parce que, franchement, cet endroit est bien plus délabré que prévu, déclara Cassidy en se redressant. Mais, comme l'a dit Stephanie, on va remplir les conditions. D'après les documents que l'avocat nous a remis, on a un an pour rendre le lodge opérationnel.

Jace jeta un coup d'œil autour de lui et grimaça.

— Vous avez un objectif financier à atteindre pour prouver que vous répondez aux exigences ?

— Un conseil d'administration doit donner sa validation, expliqua Stephanie. La « Meute Wilson », il me semble. Je pense qu'il s'agit d'un groupe d'évaluation environnementale.

Jace leva une main vers son visage avant de se raviser et la passer dans ses cheveux.

— D'accord. C'est logique.

— Mais vous n'avez toujours pas répondu à ma question, fit remarquer Cassidy. Le gérant ?

Le sourire de Blue s'étendit d'une oreille à l'autre. Il tendit la main et tapota fermement l'épaule de Jace.

— Voici votre homme.

Zut. D'un côté, c'était une bonne nouvelle : Jace était agréable à regarder, et Cassidy ne serait pas contre l'avoir à ses côtés. Mais ce qu'elle voyait autour d'elle depuis son arrivée ne lui donnait pas une bonne impression sur son éthique de travail.

Elle plongea son regard dans le sien.

— Est-ce que c'est voulu si vous faites aussi mal votre travail ?

Jace l'étudia avec patience tandis que Blue et Marvin éclataient de rire derrière lui.

— Je vous dirais bien que ce n'est pas de ma faute, mais je ne suis pas sûr que vous me croiriez. Parlons plutôt de ce qu'on va faire pour faire aboutir ce projet.

— Et je veux continuer à vivre ici, s'immisça Marvin. Est-ce qu'on peut en parler maintenant ? Parce que je suis sûr que Rachel a dû inclure ça dans ses conditions. C'était peut-être une vieille folle malicieuse, mais quand elle disait quelque chose, elle s'y tenait.

Zut. Cassidy sortit les papiers de sa poche et les feuilleta.

— Il y avait quelque chose.

À côté d'elle, Stephanie émit un petit son.

— Oh non. Est-ce que ça veut dire ce que ça veut dire ?

Elles avaient étudié les documents à plusieurs reprises, mais Cassidy avait cru que la phrase concernant les contrats existants parlait de réservations à ne pas annuler.

Elle trouva ce qu'elle cherchait et le lut à haute voix.

— Une des conditions est que les nouveaux propriétaires honorent les promesses et engagements antérieurs que Timberwolf Lodge a pris envers certaines personnes.

Elle leva les yeux vers le visage du grand homme poilu.

— Vous vivez ici parce que Rachel a dit que vous le pouviez ?

L'homme sourit, et son visage plutôt effrayant devint singulièrement agréable, malgré tous ses poils.

— Oui.

Donc. Elles avaient leur premier hôte. Cassidy jeta un coup d'œil à Stephanie, qui se contenta de hausser les épaules.

— Tant qu'il garde ses vêtements et qu'il se plie à quelques règles, on fera en sorte que ça marche.

Il semblait que cela allait être leur leitmotiv : *on va faire en sorte que ça marche.*

Cassidy soutint le regard de Jace.

— J'espère que vous êtes prêts à bosser et à vous salir,

parce qu'on prévoit d'en faire le meilleur éco-lodge de la région. On va remplir les conditions en temps voulu et obtenir l'approbation de la Meute Wilson. Et vous allez nous aider.

Il y avait de l'amusement dans les yeux de l'homme, mais aussi de l'acceptation.

— Comme vous le souhaitez, dit-il en inclinant la tête.

3

———

*J*ace se demanda pourquoi il lui avait fallu autant de temps pour le remarquer. Mais sa lenteur s'expliquait peut-être par le fait qu'ils étaient occupés avec Marvin en le plaquant au sol et tout.

Ce ne fut qu'une fois à l'extérieur, près du brasero, quand il commença à étudier Cassidy de plus près, qu'il rassembla les pièces du puzzle.

Elle sentait délicieusement bon. C'est le premier détail flagrant qui fit clignoter tous les autres panneaux d'avertissement. Elle avait une attitude qui lui plaisait, séduisante, beaucoup de courbes et des muscles dans tous ses endroits préférés. Oh, cela lui convenait très bien d'être attiré par Cassidy Rundle.

Être attiré par un humain n'était pas vraiment un problème. C'était plus le fait que ce soit une personne ayant grandi en ville et qui n'avait peut-être jamais entendu parler des métamorphes.

Plus elle parlait et faisait preuve de détermination, plus Jace réalisait qu'il était dans le pétrin. Ce n'était pas une quelconque attirance ce qu'il ressentait là.

C'était l'attirance suprême.

Jace décida donc qu'il n'allait pas seulement l'aider à réaliser son rêve, mais qu'il serait à chaque instant à ses côtés.

Heureusement, les femmes se turent et entrèrent avant qu'il fasse quelque chose d'imprudent, comme se pencher et lécher le cou de Cassidy, juste pour le plaisir de goûter sa peau.

Resté en arrière avec lui, Blue prit appui sur une jambe, puis l'autre tout en souriant, avant de siffler nonchalamment vers le ciel.

— Quoi ? demanda Jace.

Blue haussa les épaules innocemment.

— Non, rien. Rien du tout, dit-il avant de tourner son attention vers Marvin. Trouvons un compromis avant leur retour. Rachel a dit que tu pouvais rester, donc c'est bon. Où serais-tu heureux de vivre, ailleurs que dans le pavillon ?

Marvin regarda la forêt tout en réfléchissant.

— Pour prouver à quel point je suis un homme prévenant, je dirais que le chalet 7 est agréable. C'est un studio et le toit fuit légèrement, dit-il avant de sourire à Jace. Rien qu'un bon gérant ne saurait réparer en un clin d'œil.

Évidemment.

— Très prévenant de ta part de laisser les chalets les plus grands aux clients payants.

— « Prévenant » est mon deuxième prénom, rétorqua dit Marvin d'une voix traînante en se grattant le dos contre l'arbre le plus proche.

Il se redressa et remua les épaules avant d'ajouter :

— J'ai faim. Le déménagement et tout le reste peuvent attendre demain. J'ai besoin de brouter.

Jace leva la main.

— Le chalet 7 est collé aux bois. Ne change que lorsque tu ne seras plus en vue depuis la maison. Et quand je viendrai réparer le toit, j'installerai une clôture pour que tu puisses te déshabiller sans être vu. Compris ?

— Tu as un sacré bâton dans le cul, rétorqua platement Marvin avant de s'éloigner sans avoir rien accepté.

Le mal de tête de Jace ne cessait d'empirer, et il était à peine 9 heures.

— Tu penses qu'il écoutera ? demanda-t-il à Blue.

— Seulement s'il en a envie.

Ils se levèrent et attendirent que Marvin soit suffisamment loin, puis Blue se tourna vers Jace.

— Sérieusement, on a un problème.

Un problème ou quelque chose à fêter, sauf que Jace ignorait lequel des deux.

— Tu crois ?

— J'ai dû me retenir pour ne pas lui sauter dessus, expliqua doucement Blue en jetant un œil sur la porte arrière, probablement pour s'assurer que les femmes n'étaient pas là.

Jace fut parcouru d'un violent sentiment de colère. Blue avait des vues sur Cassidy ? Le loup avait un désir de mort.

— Vraiment ?

Blue prit une inspiration tremblante et profonde.

— Bon sang. Elle sent le pain frais et les biscuits. J'ai juste envie de la faire rouler dans mon lit pendant des heures.

Impensable.

— Tu crois que c'est ta compagne ?

— Waouh, mec. Je pensais que tu avais le meilleur flair du monde, mais on dirait que sur ce coup, je te dépasse.

Le sang-froid de Jace ne tenait qu'à un fil. Il dut faire un effort pour se rappeler qu'il aimait Blue et qu'il ne voulait pas l'égorger. Pourtant, il n'en était pas loin.

— Et qu'est-ce que tu comptes dire à Cassidy...

— Cassidy ? répéta Blue, visiblement confus. Et pourquoi est-ce que tu me grognes dessus en suggérant quelque chose d'aussi stupide...

Ils se regardèrent un moment avant de tous les deux soupirer de soulagement.

— Eh bien, la bonne nouvelle c'est que tu ne vas pas m'éviscérer, parce que je ne parle pas de Cassidy, mais de Stephanie. Je n'ai jamais rien senti de plus magnifique qu'elle de toute ma vie, expliqua Blue en souriant. Et il semble que tes années de célibat touchent également à leur fin. Youpi.

Blue leva alors la main et attendit un high five. Malheureusement, Jace avait quelques autres soucis à régler avant de trop se réjouir.

— Oui. Génial. Le fait d'avoir trouvé ma compagne est une bonne chose, mais il y a une complication.

— Ça ne peut tout de même pas être plus important que d'avoir trouvé ta compagne, insista Blue.

— Vraiment ? La dernière fois qu'on a discuté, tu as dit qu'il comptait m'éventrer s'il me revoyait. Ce qui est, tout de même, une complication.

Blue lança un juron.

— Oh. Tu veux parler du cousin Del.

— Hmm.

C'était un véritable cauchemar qui l'attendait. De toutes les choses dont Jace ne voulait pas s'occuper, son cousin Del était le numéro un sur la liste.

— L'Alpha de la meute Jasper. La meute affiliée à la meute Wilson, celle qui doit donner son approbation à Cassidy et Steph pour garder le pavillon de notre tante.

~

Stephanie regardait par la fenêtre.

— Ils parlent toujours. Attends, le géant à l'allure d'élan s'en va. Tu crois qu'on est en sécurité avec lui ?

— On va s'en assurer, crois-moi, répondit Cassidy en posant la main sur le bras de Stephanie. J'ai promis à Stacy qu'elle aurait un endroit sûr pour les enfants, et je le pensais. Ça sera autant leur maison que la nôtre.

Stephanie se pencha pour vérifier que Marvin continuait de s'éloigner.

— Je sais. Je te fais confiance, comme toujours.

Elles se tournèrent l'une vers l'autre, et la minute suivante, Cassidy était fermement étreinte par son amie. Stephanie avait toujours besoin de montrer son affection de cette façon.

— Oh, arrête. Tu deviens trop émotive et gnangnan, se plaignit Cassidy.

— Tu m'aimes. Je sais que tu m'aimes.

Cassidy imita un haut-le-cœur, ce qui fit glousser Stephanie comme prévu. Elle serra à nouveau son amie, parce que c'était ce dont Stephanie avait besoin, puis redressa les épaules.

— D'accord, tout ne s'est pas passé comme prévu, mais au moins, on a mis la main sur les premiers problèmes, et on va y remédier. Et on a un gérant, donc je considère ça comme une avancée.

— Il est mignon, fit remarquer Stephanie. Et il t'aime bien.

— Tu veux que j'aie encore des haut-le-cœur ? demanda Cassidy.

— Je veux dire qu'il est mignon comme tu aimes, et non comme j'aime. Et il a des fossettes, ajouta-t-elle en regardant par la fenêtre. Maintenant, à propos de l'autre, je ne sais pas d'où vient le prénom « Blue », mais il est très drôle.

— C'est un rayon de soleil dans un monde terne, reconnut Cassidy.

— Mais si ça peut te rassurer, je ne recherche aucune sorte de relation tant que Timberwolf Lodge ne sera pas opérationnel. C'est ma priorité. Pour toi, Stacy et les gnomes.

Cassidy jeta un coup d'œil par la fenêtre et surprit Jace en train de la regarder. La connexion intense entre eux la frappa à nouveau.

— Je sais.

— Ça ne veut pas dire que tu ne peux pas t'amuser, chuchota Stephanie avant de faire semblant de tousser et de se tapoter la poitrine. Oh, mon Dieu. Je ne sais pas d'où c'est venu.

Cassidy sourit et passa un bras autour des épaules de son amie avant de la guider vers l'extérieur.

— Ça vient du plus profond de toi, parce que tu es la personne la plus directe au monde, et je ne m'attends pas à ce que tu changes ça. Sois toi-même. Nous méritons toutes les deux de nous amuser, et je ne vais surement pas t'en vouloir si tu décides d'explorer certaines choses.

Stephanie posa une main contre la porte pour empêcher Cassidy de l'ouvrir.

— C'est peu probable, mais revenons à toi : Miss Mes-parties-intimes-vont-se-décomposer-par-manque-d'utilisation.

Cassidy haussa un sourcil.

— Je sais très bien me masturber, voyons. Rien ne me manque à ce niveau.

— Mais tu n'apprécies pas autant l'autosatisfaction que le sexe, rétorqua Stephanie en poussant la porte.

Elles retournèrent à l'extérieur, auprès de Blue et Jace qui les attendaient patiemment en luttant visiblement pour rester sérieux.

Cassidy avait le sentiment étrange qu'ils avaient entendu la dernière partie de leur conversation.

Peu importe. Le sexe était une chose amusante et divertissante qu'elle avait parfaitement le droit d'apprécier. Mais pas en ce moment, quand une maison sur le point de tomber en ruine devait être remise en état.

Jace s'avança vers elle.

— On sera peut-être mieux à l'intérieur si vous avez de quoi écrire. Vous avez pu visiter les lieux ?

Cassidy secoua la tête.

— On a ouvert la porte, on est entrées et…

— … on en a eu plein les yeux, termina Stephanie. J'ai des cahiers dans mon sac, dans la voiture. Tu veux que j'aille en chercher un ?

Cassidy hocha la tête.

— Je vous accompagne, s'empressa de proposer Blue.

Joignant le geste à la parole, il bondit presque vers elle, mais ralentit en voyant la jeune femme reculer légèrement pour se mettre derrière Cassidy.

— Désolé. Je suis vraiment doué pour soulever les choses. Je veux juste être utile.

— Tout va bien. Je suis un peu nerveuse après avoir découvert un homme nu dans notre maison.

— Il ne recommencera pas, promit Blue d'un geste de la main : Après vous.

Stephanie tapota sa poche et sourit.

— D'accord.

Cassidy s'empêcha de lever les yeux au ciel tandis que Stephanie et Blue disparaissaient de sa vue.

— Quel genre d'arme est-ce qu'elle porte ? demanda

doucement Jace, un doux sourire aux lèvres. Non pas qu'elle en aura besoin : Blue est une sorte d'énorme chiot.

— Parfois, les chiots se font taper sur le nez avec un journal pour apprendre à ne pas mordiller, fit remarquer Cassidy en conduisant Jace dans la cuisine. Je ne m'inquiète pas pour elle, mais j'espère pouvoir vous faire confiance. Non seulement en ce qui concerne Blue, mais aussi notre invité inattendu, Marvin.

— Je vous promets qu'ils se comporteront bien tous les deux, lui assura-t-il d'une voix basse et rauque.

Elle se retourna et en le découvrant en train de regarder ses fesses, elle croisa les bras sur sa poitrine, mais cela n'aida pas beaucoup Jace, car son regard monta un peu plus haut et s'attarda à un certain endroit.

C'était presque comme s'il avait posé ses mains sur elle : une douce caresse sur sa peau puis entre ses jambes.

Mais avant qu'elle puisse lui reprocher d'être impoli, il leva son regard sur son visage, mal à l'aise.

— Je suis désolé. Je promets également de bien me conduire.

Elle s'approcha alors et l'attrapa par la ceinture, tout en observant ses pupilles qui se dilataient.

Ce devait être la fatigue du voyage ou le chaos qu'avait été sa vie ces derniers mois, semaines et même jours, car ses pensées s'échappèrent par sa bouche sans qu'elle puisse les empêcher.

— Et si je te donnais la permission de mal te comporter ? demanda-t-elle en se dressant sur la pointe des pieds et posant ses lèvres sur les siennes.

4

Son goût emplit les sens de Jace et fit voler en éclat sa capacité de raisonnement. Ses lèvres étaient douces et lisses contre les siennes, parfumées à un gloss aromatisé qui interférait avec son goût.

Il se força à saisir les hanches de la jeune femme, car son premier instinct était d'enfoncer la main dans ses cheveux et de la tirer contre lui afin de se délecter de sa bouche. Son autre main aurait alors pu glisser sans effort sous son pull et le remonter jusqu'à ce que sa poitrine remplisse sa paume.

S'il avait eu des doutes, ils étaient désormais balayés : c'était bien sa compagne. Peu importe à quel point les prochains jours allaient être impossibles, il s'en fichait. Savoir qu'elle lui appartenait était suffisant. La convaincre de ce fait n'allait pas être une difficulté, mais un privilège.

Cassidy releva la chemise de Jace et pressa ses paumes fraîches contre la chaleur de son ventre. Il haleta et l'embrassa avec davantage d'ardeur, penché sur elle, les mains sous contrôle.

— Jace, murmura-t-elle. Touche-moi.

Dieu merci.

Il glissa une main au creux de ses reins, et l'autre dans ses cheveux, puis tira sa tête en arrière et embrassa la ligne de sa mâchoire et de sa gorge. Il inspira profondément, et fut parcouru d'une onde de choc qui secoua tout son corps tandis que son parfum l'envahissait. La main dans son dos les maintenait scellés, et son sexe dur se pressait contre la douceur de son ventre.

Il en avait mal, au point de ne penser qu'à la prendre dans ses bras et la presser contre le mur. Ou peut-être faire preuve de prévenance pour fouiller les chambres supérieures et voir si l'une d'elles contenait encore un lit fonctionnel.

La porte d'entrée s'ouvrit en grinçant. Cassidy s'immobilisa puis sortit brusquement ses mains de sous sa chemise. Il la relâcha alors qu'elle s'éloignait, les mains pressées contre ses joues brûlantes.

Jace réarrangea nonchalamment ses vêtements tout en se retournant et faisant semblant d'examiner les placards de la cuisine.

— Ils n'ont probablement besoin que d'un simple coup de peinture.

Cassidy respirait toujours lourdement. Elle cligna des yeux avant de comprendre et d'acquiescer.

— Ça me va. Un coup de peinture et un bon nettoyage. Oui, je pense que c'est tout ce dont cette pièce a besoin.

Elle se retourna, l'air sérieux, vers Stephanie et Blue qui se trouvaient dans le salon. Stephanie brandit triomphalement un bloc-notes Post-it géant.

— Regarde. On va pouvoir élaborer un plan d'attaque. Je suis tellement excitée.

Parfait. Ils avaient réussi à s'éloigner sans que l'amie se rende compte que lui et Cassidy venaient de s'embrasser.

Mais un coup d'œil à Blue révéla que Jace n'allait pas

être aussi chanceux de ce côté-là. Son cousin souriait franchement en posant les fournitures sur l'unique table de la pièce.

— Faire une liste des tâches semble être une excellente idée. Cassidy, je disais justement à Stephanie que je suis menuisier. Pour tout ce qui concerne les réparations et le mobilier, je peux vous aider.

— C'est bon à savoir. Et si on s'y mettait ? répondit Cassidy en tournant le dos à Jace pour saisir un bloc-notes et un stylo. Commençons.

— Je connais l'endroit, donc je peux vous guider, proposa Blue. Jace prendra des notes pour nous.

Quel enfoiré.

— Je m'en occupe.

Il passa donc l'heure suivante à suivre le trio composé de Blue, Stephanie et Cassidy. Il s'empêcha de rejouer la scène du baiser dans sa tête, et se concentra sur sa tâche par peur de trébucher s'il gardait les yeux rivés sur les fesses de Cassidy.

Ils venaient de sortir du troisième petit chalet lorsque Cassidy désigna les transats Adirondack sur le porche.

— Asseyons-nous. J'ai quelques questions.

Stephanie se laissa tomber à la première place disponible et sortit une bouteille d'eau de son énorme sac à main.

— Comment se fait-il qu'on ait l'impression que personne n'a séjourné ici depuis longtemps ?

— C'est aussi ce que j'aimerais savoir. Parce que j'ai cru, d'après la façon dont Rachel parlait dans ses vidéos, que Timberwolf Lodge était un complexe hôtelier viable. Que s'est-il passé ? demanda Cassidy en se tournant vers Jace.

Cette foutue culpabilité l'envahit à nouveau, mais il

n'allait pas avouer que cela faisait des années qu'il n'avait pas mis les pieds dans cet endroit.

— Son mari est mort. Tu as dit qu'elle en avait parlé dans la vidéo avant d'organiser la loterie, répondit-il.

— Donc personne n'a plus séjourné ici depuis son décès ?

— À part l'élan bien sûr, précisa Stephanie pince-sans-rire.

Elle ricana en voyant Blue se raidir.

— D'accord, je sais que ce n'est pas gentil de se moquer des gens dans leur dos, mais il est si grand et imposant. Tu n'es pas d'accord ?

— Je n'ai rien dit, déclara Blue. Mais pour répondre à l'autre question, Cassidy, ça s'est fait lentement. Le lodge comptait de nombreux clients fidèles depuis des années, et ils sont tous revenus l'année suivant la mort de Jim. Mais le cœur de tante Rachel n'y était plus, et l'expérience n'était plus la même. Ils ont fini par arrêter de venir.

— C'est triste. Pas seulement pour elle, mais aussi pour les gens qui passaient leurs vacances ici.

Le regard de Cassidy dériva sur le paysage et les chalets, puis le pavillon lui-même, qui était autrefois le point de ralliement de vacances heureuses et qui n'était plus que le fantôme de lui-même à présent.

— J'admets que l'ensemble de ce projet demande plus de travail que je ne le pensais. Heureusement, les fondations sont là. Ça a du charme.

— Peut-être que Blue et Jace connaissent les gens qui venaient régulièrement, suggéra Stephanie. Nous pourrions restaurer cet endroit en partie et leur proposer de revenir. Il est toujours plus facile d'avoir quelques clients satisfaits que de partir de rien.

C'était une idée géniale, sauf pour une chose : tous ces

clients réguliers étaient des métamorphes, et pour le moment, Jace ne savait pas trop comment gérer cette situation.

Bon sang, tante Rachel. Où avais-tu la tête ?

IL SE PASSAIT QUELQUE CHOSE.

Quelque chose d'autre que la libido de Cassidy qui s'emballait et la poussait à se comporter de manière imprudente.

C'était la façon dont Jace et Blue hésitaient avant de répondre aux questions les plus simples, comme s'ils reformulaient les choses dans leur tête. Elle avait suffisamment vu cela dans le passé pour savoir reconnaître un faux-fuyant, et il fallait qu'elle en comprenne la raison.

En plus de cela, elle allait devoir décider si elle préférait oublier le fait qu'elle s'était jetée sur Jace tout à l'heure, ou si elle voulait y réfléchir. Réitérer, même.

Ah, les décisions !

Mais d'abord, il y avait d'autres priorités sur la liste.

— Tout d'abord, merci d'avoir convaincu Marvin de prendre le chalet 7, et n'essayez pas de le nier, parce que je sais que c'est faux, dit ostensiblement Cassidy à Blue lorsqu'il ouvrit la bouche pour protester. Ensuite, je pense que nous devrions d'abord nous concentrer sur les travaux du pavillon et de quelques chalets. C'est dans la maison que les repas seront servis et que les réunions auront lieu, mais les chalets pourront être loués aux clients de passage pour la nuit. Tu pourrais faire une liste des besoins, Jace et énumérer toutes les tâches que Stephanie et moi pourrons faire pour vous aider à aller plus vite ?

— C'est une excellente idée, répondit Jace qui prenait

toujours des notes et qui lui lança un regard d'approbation. C'est bon de savoir que vous êtes prêtes à vous salir les mains.

— Nous ne pouvons pas nous permettre de jouer la demi-mesure, lui dit Cassidy. Oh, j'ai besoin aussi d'une estimation de budget. Stephanie devra choisir une des chambres ou un des chalets pour y installer un spa, car c'est son boulot. Et puis son idée est bonne. Quelles que soient vos hésitations, j'apprécierais si toi et Blue pouviez trouver quelques clients qui aimeraient revenir à Timberwolf Lodge. Commencer modestement est une bonne idée, parce qu'il va bien falloir trouver des sources de financement. Le solde du compte que votre tante a inclus dans le défi d'un an est généreux, mais pas illimité.

— Je peux vous faire une estimation financière, même si c'est ennuyeux, émit Blue.

Il lança alors un regard d'adoration digne d'un chiot à Stephanie avant de reprendre une expression sobre.

— En ce qui concerne les nouveaux meubles dont vous aurez besoin pour le pavillon et les chalets, je pense pouvoir obtenir des réductions.

— C'est si gentil, rétorqua Stephanie en lui tapotant la joue.

Blue rougit comme une tomate mûre.

— Je vais réfléchir à la liste, promit Jace avant de s'éclaircir la gorge. Je suppose que vous voulez vivre ici, dans la maison ? Et vous avez bien parlé d'enfants ?

Cassidy réfléchit rapidement, mais elle ne se souvenait pas du moment où elle aurait pu mentionner ce détail auprès d'eux. Pourtant, c'était vrai – inutile de le nier.

— La sœur de Stephanie nous rejoindra d'ici la fin du mois. Stacy est mère célibataire, donc ils seront là une fois que les enfants auront fini l'école. Les garçons ont dix, six et cinq ans. C'est aussi pour ça que je dois être sûre que l'invité du chalet 7 se comportera correctement.

— Marvin ne sera pas un problème avec les enfants. Je peux le garantir, assura immédiatement Blue. Je sais qu'il ne s'est pas présenté sous son meilleur jour...

— Oh, il n'a rien laissé à l'imagination, ironisa Steph avec un petit ricanement.

Blue s'empêcha de sourire et poursuivit :

— Mais Marvin se comporte mal uniquement avec les adultes. Il adore les enfants.

Le regard de Jace se fit alors pensif.

— L'aile arrière du pavillon était la résidence de mon oncle et de ma tante, et de leurs saisonniers. On pourrait l'aménager en espace familial pour Stacy. L'endroit est plus à l'écart et offre plus d'intimité lorsqu'il y a des clients. Sinon, ils peuvent aussi prendre un chalet. Vous n'avez qu'à venir voir et choisir ce qu'elle préfèrerait.

Cassidy n'avait pas pensé à cela.

— Bonne idée. Merci.

Quelque chose sauta alors dans les buissons avec assez de force pour les faire sursauter. Stephanie se redressa d'un coup et se dirigea au bout du porche. Elle serra la balustrade.

— Merde alors.

Cassidy la rejoignit, bouche bée, tandis que le plus gros élan qu'elle ait jamais vu – d'accord, le premier élan qu'elle ait jamais vu – passait devant son SUV.

— Bon sang. Est-ce qu'il faut lui tirer dessus ou faire quelque chose ?

— C'est tentant, marmonna Blue.

Jace toussota, mais les rejoignit près de la balustrade avec un sourire rassurant.

— Ne vous inquiétez pas. Il ne fait que passer. S'il devient gênant, je veillerai à ce qu'il soit déplacé.

— Y a-t-il d'autres animaux sauvages que nous pourrions voir par ici ? demanda Stephanie en haletant et en regardant fixement l'élan jusqu'à ce qu'il disparaisse.

— Rien que du classique. De nombreux oiseaux prédateurs comme les aigles et les faucons. Quelques gros animaux comme les élans et les wapitis. Il y a aussi une meute de loups dans la région et parfois des ours.

Jace l'avait dit d'un ton neutre, mais il regardait Blue comme pour lui dire de fermer sa bouche.

Qu'y avait-il entre ces deux-là et leurs regards de connivence ? Cela commençait à énerver Cassidy.

Pourtant, elle avait un autre problème à régler en premier.

— On a besoin de faire quelques courses et il faut qu'on mange avant d'y aller pour éviter d'acheter tout et n'importe quoi. Comme vous nous avez été d'une grande aide et que ça nous rendrait service que vous nous montriez le chemin pour aller en ville, on vous invite.

Stephanie fronça les sourcils.

— Au fait, où est votre voiture ?

Blue indiqua la colline.

— Celle de Jace est là-haut. Il a un petit problème avec son carburateur.

Merveilleux. Cassidy regarda son nouveau gérant avec inquiétude.

— Pitié, dis-moi que tu as les compétences nécessaires pour ce travail ?

Jace leva la main.

— Je jure solennellement que je prendrai soin de toi.

Elle n'aurait pas dû ressentir ce frisson. Surtout que la réponse de Jace n'avait rien à voir avec sa question. C'était ridicule à quel point les choses les plus stupides qu'il disait la faisaient trembler intérieurement, mais elle n'y pouvait rien.

Elle réglerait bientôt le problème du désir. D'abord, elle devait remplir son ventre.

Ils se préparèrent et Blue aida Stephanie à ranger les cahiers.

— Des grillades, ça vous va ?

— Oh, je ne mange pas de viande, répondit Stephanie. Y a-t-il un endroit en ville qui sert du tofu ?

Blue et Jace frissonnèrent avant de remettre en place leurs faux sourires.

— Bien sûr, dit Blue avec un peu moins d'enthousiasme.

Stephanie abandonna son expression impassible en éclatant de rire.

— Je plaisante. Les grillades seront parfaites, même si j'aime aussi le tofu.

— Le tofu accompagné de sauce barbecue, c'est mangeable, déclara Blue.

Cassidy se tourna pour découvrir Jace juste à côté d'elle. Il la regardait avec intensité, mais pas de façon effrayante.

— Et qu'est-ce que tu aimes, Cassidy ?

— Tout ce qui est savoureux. Sucré, salé, bien épicé. J'aime que la nourriture soit revigorante et la compagnie divertissante.

Jace acquiesça en baissant le menton.

— Alors je sais exactement où nous devons aller. Blue, appelle Pete et dis-lui de nous réserver une table.

Cassidy était trop occupée à regarder les yeux fascinants de Jace pour en être sûre, mais elle était certaine d'avoir entendu Blue jurer doucement avant d'accepter.

5

____

C'était plus qu'imprudent. De la folie pure et simple.

Jace avait quitté Timberwolf Lodge et Jasper à l'époque afin d'éviter une guerre que personne ne pouvait gagner.

Ce retour après la lettre de sa tante l'obligeait à chercher mentalement des solutions pour maintenir la paix. La plupart de ces solutions consistaient à se faire discret, ou ne jamais mettre les pieds en ville. Jamais.

Mieux valait ne pas emmener ces dames près de Jasper, et encore moins dans le restaurant de son cousin.

Pourtant, alors qu'il guidait Cassidy vers une table chez Pete en savourant la sensation incroyable d'avoir sa main aux creux de ses reins, il réalisa que c'était inévitable. Tant pis.

Comme il n'était pas encore midi, l'endroit n'était pas encore plein, mais tous les regards étaient rivés sur leur groupe alors que Blue les conduisait vers une banquette d'angle.

Bien – un peu hors de vue, un mur contre lequel il pouvait s'appuyer...

— Jace, espèce de vieux scélérat. Comment vas-tu ?

Zut se dit Jace en se tournant vers son oncle Lenny. Voilà qui mettait un terme à son idée d'un retour discret dans la communauté des loups. Jace se demanda combien de temps il faudrait pour que tout le monde sache qu'il était là, étant donné que Lenny était le plus bavard et le plus bruyant de la meute.

Combien de temps avant que Del entende et décide de paraître ?

Pas d'autre choix que de faire avec, à présent.

— Très bien, mon oncle. On voulait juste manger un morceau, c'est tout.

Lenny saisit la main libre de Jace et la serra avec enthousiasme.

— Mais bien sûr. S'il y a bien un endroit à ne pas louper par ici, c'est chez mon Pete. Asseyez-vous, asseyez-vous. Tout le monde va être tellement excité par ton retour. Ça faisait longtemps. Je leur avais bien dit que tu pousserais un jour à nouveau ces portes. Qui est-ce ? Elle est à toi ? Oui, c'est évident.

Avant que Jace puisse intervenir, son oncle prit la main de Cassidy et la leva comme pour lui faire un baise-main. Cassidy se dégagea gracieusement d'un geste apparemment désinvolte qui laissa Lenny penchée dans le vide alors qu'elle s'écartait et se plaçait devant Stephanie, protégeant instinctivement son amie.

Jace nota avec approbation que Cassidy laissait ses pieds et ses bras libres afin de pouvoir donner des coups de pied ou des coups de poing si nécessaire. Une bouffée de désir le frappa et il se vautra dans cette sensation.

Une femme sexy qui savait se protéger et protéger les autres... Il était totalement séduit, peu importe qu'il ne la connaisse que depuis quelques heures.

Tel était le pouvoir des compagnons destinés, réalisa-t-il.

Elle était magnifique et il ferait n'importe quoi pour elle. Y compris l'empêcher de blesser ses jointures en frappant le visage de son oncle, car ça semblait le prochain mouvement à l'ordre du jour.

Jace reprit sa position près d'elle tout en la laissant aux commandes.

— Cassidy, voici notre oncle Lenny. Son fils est propriétaire du restaurant. Oncle Lenny, je te présente Cassidy. Elle et son amie, Steph, sont les nouvelles propriétaires du pavillon de tante Rachel. Blue et moi les aidons à remettre l'endroit en état de marche.

— Vous travaillez...

Lenny s'étrangla, puis renifla avec force avant de lever les yeux au ciel, comprenant enfin que Cassidy et Steph étaient humaines.

— Eh bien...

Cassidy croisa les bras sur sa poitrine, la désapprobation suintant de tout son être alors qu'elle étudiait Lenny. Puis elle ignora ostensiblement l'homme d'âge mûr et se tourna vers Jace.

— Est-ce qu'on peut manger rapidement, ou dois-je aller chercher moi-même le gibier ?

L'imaginer partir à la chasse l'excita à nouveau.

— On va s'asseoir. Mon oncle allait partir.

Seulement, la table du coin était désormais occupée.

Cela ne servait plus à rien de rester secret. Jace tira une chaise à la table qui se trouvait au centre de la salle, imité par Blue qui tirait une chaise pour Stephanie.

Les deux femmes prirent place gracieusement, comme s'il n'y avait pas des dizaines d'yeux braqués dans leur direction.

— Jace. Assieds-toi ici, demanda Cassidy en tapotant la chaise à côté d'elle.

La chaise qui le plaçait dos à la porte.

Au diable tout cela. Il s'assit.

Les yeux de Blue s'écarquillèrent, mais il prit rapidement l'autre chaise à côté de Stephanie.

Cassidy croisa les regards des membres de la meute qui se trouvaient dans la salle, et se pencha vers Jace.

— Quel endroit intéressant.

— Il finit par vous coller à la peau, dit Jace d'un ton neutre.

— La boue aussi.

Jace s'esclaffa et se tourna vers elle.

— Mais ils servent la meilleure nourriture de la ville. Par contre, il n'y a pas de menus. Ça sera ce que Pete cuisine aujourd'hui.

— Et ça nous plaira ?

Blue était presque en train de saliver, tandis que son regard suivait quelqu'un qui s'approchait de la table par-derrière.

— Vous en redemanderez. Promis. Salut, Pete.

Pete en personne s'arrêta à côté de la table, un énorme plateau en équilibre sur son épaule comme s'il ne pesait rien.

— On m'a dit qu'il y a quelques tensions par ici. Blue, c'est toujours un plaisir de te voir.

Il posa alors son regard sur Jace, puis étudia les femmes.

— Cassidy. Stephanie. Mes excuses pour mon père. Il est un peu trop énergique.

— Pas de problème, répondit Stephanie avec un sourire franc. C'est ça la nourriture que nous sommes censés aimer ?

— Je vous accorde des points bonus pour la rapidité,

marmonna Cassidy. Bonjour, Pete. Jace a dit que c'était l'endroit idéal. Nous sommes prêtes à être éblouies.

— Ébloui, c'est bon pour les œuvres d'art. Je nourris l'âme, rétorqua Pete en les étudiant. Des allergies ?

— Aucune, dirent Cassidy et Stephanie à l'unisson.

Pete posa le plateau et commença à servir les assiettes.

— Tant mieux. Et si quelque chose ne vous plait pas, tant pis. Mais goûtez quand même.

L'endroit tout entier pourrait exploser à tout moment si Del ou l'un des autres chefs de la meute entrait, mais pour le moment, Jace décida de ne pas s'inquiéter. Pete était en train de les servir, et son cousin était un magicien de la cuisine.

L'apocalypse pouvait attendre : Jace avait un déjeuner à dévorer.

Cette journée ne s'était absolument pas déroulée comme prévu, mais Cassidy était désormais frappée par un étrange sentiment de satisfaction chaque fois qu'elle faisait face à un nouveau rebondissement.

Un homme nu dans sa nouvelle maison ? Pas si grave.

Un pavillon qui avait besoin de réparations après des années de négligence ? Elle était optimiste.

Ce restaurant avec un drôle de comité d'accueil, beaucoup trop de curieux et pas de carte ? Pas de problème.

Un gérant absent ces dernières années... bon effectivement, sur ce coup, elle allait devoir sévir.

Mais pour le moment, elle était fascinée par tout ce que Pete venait de poser sur la table avec décontraction, mais avec un regard intense indiquant qu'il était plus intéressé par sa réaction qu'il ne voulait l'admettre.

Cassidy faillit se jeter sur les plats et tout mettre dans sa bouche. Seul le fait d'être une adulte l'empêcha de se montrer aussi grossière.

Macaronis au fromage et au bacon qui fondaient sur la langue, sandwich au fromage grillé avec une couche de confiture épicée-sucrée, une soupe épicée à vous faire transpirer. Et ce n'était que ce qu'il y avait devant elle.

Jace ne cilla pas lorsqu'elle lui piqua une frite.

— Huile de truffe et gorgonzola, lui dit-il après avoir avalé une bouchée de son énorme hamburger.

— C'est tellement bon, déclara Cassidy.

Tant pis pour la politesse : elle lui saisit le poignet.

— Je peux goûter ton hamburger ?

Les pupilles de Jace se dilatèrent. Au lieu de lui passer, il le tendit et attendit qu'elle en prenne une bouchée, le regard rivé sur ses lèvres. Elle ressentit une sensation de chaud et de froid tandis que la saveur du burger parfaitement cuit explosait dans sa bouche.

Elle recula, mais il fut plus rapide et leva son autre main pour lui essuyer un point près des lèvres. Instinctivement, elle se tourna et prit son doigt dans sa bouche pour lécher la goutte de sauce.

Le chaud et le froid en elle se transformèrent en volcan et iceberg. Quand il fixa ses lèvres, elle ne pensa plus qu'à l'embrasser. Elle l'avait déjà fait, et elle pouvait recommencer si elle le voulait.

Oui, merci, une cerise par-dessus.

Le choix n'était pas si compliqué. Elle l'embrasserait à nouveau parce que c'était ce qu'elle voulait. Mais pour l'instant...

— Goûte ma pizza, dit Stephanie en lui tendant une part.

— Goûte mes rondelles d'oignon, proposa Blue.

Cassidy allait avoir un orgasme alimentaire si ça continuait.

— Votre cousin est incroyable, dit-elle à Jace et Blue après avoir tout testé.

— On oublie donc le comportement de notre oncle ? demanda Blue.

— Quelle attitude ? dit Stephanie en repoussant la main de Blue qui essayait de prendre une autre part de sa pizza. Touche ça et je te tue.

— Je te l'échange contre une boulette de viande épicée, répliqua-t-il.

Ils étaient si mignons et faisaient visiblement route vers un coma alimentaire. Cassidy croisa à nouveau le regard de Jace.

— D'accord, je reconnais que le restaurant de Pete est incroyable. Je te pardonne pour tout ce que tu ne me dis pas. Ou du moins, je te pardonnerai si tu me passes le reste de ton kebab.

En voyant le sourire de Jace, elle s'illumina intérieurement.

— Tu peux avoir mon donair et mes excuses pour les secrets. Je promets de vous dire tout ce que je pourrai quand je le pourrai. C'est... compliqué.

— C'est ce qu'ils disent tous.

— Parfois, c'est la vérité, dit Jace en posant le reste de son donair dans l'assiette de la jeune femme. En tout cas voici une vérité que je ne vais pas te cacher : tu es la femme la plus sexy que j'ai jamais rencontrée.

Oh pitié. Avait-il deviné qu'elle prévoyait de l'embrasser passionnément à un moment donné dans le futur ?

— Merci. Mais je ne te rendrai pas ton donair.

Quand il sourit et que ses fossettes mortelles apparurent à nouveau, le cœur de Cassidy émit un bruit sourd et étrange. Tant pis. Pour l'instant, tout ce qui comptait c'était de manger, pour les rénovations et le pavillon. La séduction, ou du moins les baisers, devraient attendre.

C'était là le programme de Cassidy jusqu'à ce qu'une beauté blonde se dirige vers leur table et s'asseoie sur les genoux de Jace.

— Salut, chéri. J'ai entendu dire que tu étais de retour et me suis dépêchée de venir te dire à quel point tu m'as manqué, déclara la blonde en lui prenant les joues et en faisant mine de vouloir l'embrasser.

La journée avait été étrange, Cassidy l'admettait volontiers. Mais pour une raison quelconque, c'était la goutte de trop.

À son crédit, Jace avait levé les mains pour se dégager de l'étreinte de l'inconnue. Mais plus rapide, Cassidy saisit sa queue de cheval et la tira violemment en arrière.

Le mouvement éloigna les lèvres de Blondie de celles de Jace.

La deuxième secousse souleva la femme de ses genoux et la jeta au sol.

Blondie se redressa aussitôt, prête à se jeter sur Cassidy.

Pas question. Cassidy avait encore de la nourriture dans son assiette à savourer, et que cette femme pleine de microbes s'approche de leur table dépassait ses limites. Elle recula sa chaise et posa son pied sur la cuisse de la femme afin de l'immobiliser.

— Ne bouge pas, dit-elle doucement, presque amicale. Steph ?

— J'arrive.

La minute suivante, sa meilleure amie était derrière la blonde, qui se mit alors à jurer sérieusement. Comme un cow-boy de rodéo, Steph s'activa à toute vitesse, mais avec précision, et quelques secondes plus tard, elle levait les mains avec un sourire satisfait.

— C'est fait.

À l'exception de la blonde qui jurait, et dont les mains et les pieds avaient été attachés en un temps record, le restaurant était à nouveau plongé dans le silence, tous les yeux rivés sur leur table.

D'accord, la réaction de Cassidy avait été extrême. Elle aurait dû se sentir gênée, voire honteuse.

Non, même pas un tout petit peu. La seule chose qu'elle ressentait, c'était un léger grondement de jalousie et de fureur à l'idée que la garce ait osé s'asseoir sur les genoux de Jace.

Accepte l'étrangeté de la situation, décida Cassidy.

Elle se tourna vers Jace.

— Une amie ?

6

———————

$\mathcal{J}$ace était tellement excité.

Il dut faire preuve de retenue pour ne pas s'emparer de Cassidy et la revendiquer sur-le-champ. Mais cela aurait été une idée mauvaise, et pour plusieurs raisons... néanmoins c'était très tentant.

Il semblait que plus ils s'attardaient chez Pete, plus les choses se compliquaient.

Jace prit une décision calculée et ignora tout le monde pour se concentrer sur Cassidy. Il planta son regard dans le sien et posa une main sur sa cuisse.

— Emma est une vieille amie. Elle a oublié que c'était fini entre nous, mais je suis sûre qu'elle s'en souvient maintenant.

Le feu brillait dans les yeux de Cassidy.

— Une vieille amie. Je suppose que ça signifie que tu veux que je la détache.

Emma continuait à marmonner des jurons, mais était assez intelligente pour ne pas insulter Cassidy, mais Jace.

— Putain d'enfoiré. Tu crois que tu peux partir et

revenir quand bon te semble ? Del ne va pas en rester là. Et tu mériteras chaque instant de douleur qu'il t'infligera.

— Je n'ai pas du tout envie de la détacher, dit sans détour Cassidy en ignorant Emma pour s'adresser à Jace.

— Mais si tu le fais, on pourra lui demander de partir. Ça sera beaucoup plus calme et tu pourras terminer ton déjeuner en toute tranquillité.

Cassidy réfléchit, puis hocha la tête.

— Steph ?

Celle-ci était retournée s'asseoir de l'autre côté de la table et était occupée à farfouiller dans son assiette et dans ce qui restait de celle de Blue. Elle agita la main avec légèreté.

— J'attache les abrutis. Je ne les libère pas. En plus, je n'ai rien pour couper la corde.

— Je vais le faire, proposa Blue avant de s'adresser à Stephanie. Si tu manges mes dernières rondelles d'oignon pendant mon absence, on ne va pas être amis.

Sur ce, il s'avança vers Emma qui fulminait toujours.

Jace observait tout cela dans sa vision périphérique, car garder un contact visuel avec Cassidy semblait bien plus important. Elle avait vraiment de beaux yeux. D'un vert profond avec une légère touche dorée autour des iris.

— Emma. Tu dois partir.

Il le dit avec petite touche d'autorité à peine perceptible, mais les jurons cessèrent instantanément. Fait intéressant, en face de lui, les pupilles de Cassidy se dilatèrent et une faim se lut sur son visage qui mit le corps de Jace en alerte.

Oh, c'était intéressant.

— Je vais le dire à Del, annonça Emma.

Cette fois, elle parlait d'un ton bien plus poli et acceptable pour son loup.

— Tant mieux pour toi. Dis-lui que mon numéro n'a pas changé. S'il veut me faire signe, on en parlera.

Cassidy tourna la tête pour regarder Emma sortir du restaurant à grands pas.

— Elle est jolie, mais son attitude n'est pas supportable.

Discuter d'anciennes conquêtes avec sa future compagne était hors de question. Jace ignora complètement Emma.

— Est-ce qu'on demande à Pete de nous apporter un dessert ou deux ?

C'était comme si un projecteur se tournait vers lui. Le sourire éclatant de Cassidy lui donna envie de se retourner sur le dos afin qu'elle puisse lui caresser le ventre.

— Je pense qu'on va terminer ce qu'il y a sur la table et prendre notre dessert à emporter, dit-elle avant de murmurer : on aura cette conversation sur vos secrets, une fois au pavillon.

Ce n'était pas une mauvaise idée.

D'une manière ou d'une autre, ils parvinrent à finir leurs assiettes tandis que les conversations reprenaient lentement autour d'eux. Jace croisa le regard des membres de la meute qui étaient, autant qu'il se souvienne, neutres dans cette situation. La plupart semblaient plus curieux qu'inquiets.

Au moment où Pete apporta un énorme sac en papier à leur table, les assiettes avaient été presque léchées.

— C'est pour vous, dit-il à Cassidy.

Cassidy prit goulûment le sac à pleins bras et regarda Jace.

— Tu as entendu ? Tout à moi.

Pete échangea un regard entendu avec Jace et baissa le menton en signe d'approbation et d'acceptation. Il n'y aurait pas de problème dans cet endroit, et Jace lui en fut reconnaissant, car non seulement la cuisine de Pete lui aurait manqué, mais son cousin excentrique était solide comme un roc. Le genre de loup dont Jace aurait besoin à ses côtés dans les jours à venir.

Jace mit une liasse de billets dans la main de son cousin.

— C'est pour le repas. Merci pour tout.

— Merci de ne pas avoir déclenché un bain de sang dans le restaurant, rétorqua Pete. À un de ces quatre ?

— Je ne vais nulle part, répondit clairement Jace en se levant. Je te ramènerai ton pick-up dès que je le pourrai.

— Ne va pas trop loin avec, le mit en garde Pete. Elle est capricieuse ces derniers temps.

Ha. Il aurait bien aimé le savoir plus tôt. Jace prit le sac des mains de Cassidy, puis lui offrit son bras.

L'escorter avec des dizaines d'yeux rivés sur eux lui parut une bonne chose. C'était là sa place : elle à ses côtés, et lui à côté d'elle.

À présent il lui fallait réfléchir au moyen d'y arriver pour de vrai. Peut-être qu'à leur retour au pavillon, ils pourraient avoir une petite discussion sur certains faits dont jusqu'à présent, Cassidy et Stephanie ignoraient tout.

S'asseoir et expliquer comment certaines personnes pouvaient se transformer en animaux. Que c'était leur mode de vie, et...

Oui. Une petite discussion toute simple.

Mais ça ne serait peut-être pas si difficile. Il fallait juste qu'il n'y ait pas de cordes aux alentours, et que les deux femmes soient repues par les desserts offerts par Pete.

Le cheesecake à la crème brûlée avec sauce au chocolat et framboises était désormais le dessert préféré de Cassidy.

— On pourrait kidnapper Pete pour qu'il cuisine pour nous ? gémit Stephanie en époussetant les miettes de la tarte aux pécans sur son T-shirt.

— Le kidnapping est désapprouvé par la loi, déclara Blue.

— Tu es si méchant.

— Oh, je n'ai jamais dit que je ne le ferais pas, je m'assurais juste que tu comprennes jusqu'où j'irais.

Blue et Stéphanie s'offrirent des sourires et échangèrent des morceaux de tarte.

Jace avait sorti un cookie du sac, et était assis comme s'il complotait pour la domination du monde pendant que les autres consommaient des calories.

Seule Cassidy le surveillait. Surtout pendant qu'il la regardait.

— J'offrirais bien un centime pour tes pensées, mais j'ai l'impression qu'elles valent plus que ça.

Jace réfléchit avant de répondre :

— Elles font partie de cette catégorie de choses qu'on ne vous a pas dites, parce que c'est compliqué. J'essaie de trouver un moyen de simplifier sans nous causer à tous des ennuis.

— Parce que vous êtes secrètement dans la mafia ? devina Stephanie. Et si tu nous le disais, tu devrais nous tuer ?

— Oui, déclara Blue, l'expression impassible.

Le fait qu'il ne dise rien d'autre et qu'il reste assis là à les fixer rendirent ses paroles beaucoup trop menaçantes et réelles.

Jace soupira.

— Arrête ça, Blue.

Celui-ci se redressa et fit un clin d'œil à Cassidy.

— Mais tu vois, maintenant que j'ai fait ça, quand je le

referai, tu sauras me faire confiance. Ça ressemble énormément à la mafia, et il y a un risque de mort, mais pas de votre côté, donc vous n'avez rien à craindre.

— Blue, fit à nouveau Jace, cette fois d'un ton tranchant qui donna l'impression qu'une étrange explosion de puissance frappait la pièce.

Blue s'affala pourtant avec nonchalance dans le canapé à côté de Stephanie en étendant les bras le long du dossier.

— Dommage que ta voix effrayante ne fonctionne pas sur moi, cousin.

— Tu n'aides pas.

— Et tu suranalyses, insista Blue. Elles vont comprendre.

— Et comment le sais-tu ? Parce que tu as un sixième sens magique..., commença Jace avant de s'interrompre pour se pincer l'arête du nez. Bon, d'accord. Tu as un sixième sens magique. Je m'excuse.

— Pas de soucis, dit Blue joyeusement. Tu veux commencer, ou je le fais ?

— Tu as déjà commencé, marmonna Jace.

Le regard de Stephanie allait de l'un à l'autre.

— C'est incroyable à quel point vous êtes divertissants, même si je ne comprends pas un traitre mot de ce que vous dites.

— Est-ce que ces informations que vous devez nous communiquer ont un rapport avec Timberwolf Lodge ? Parce que si oui, j'aimerais vraiment le savoir le plus vite possible... genre le siècle prochain, proposa Cassidy.

— Ça ne concerne le pavillon qu'en partie... ou un peu plus, commença Jace avant de froncer les sourcils. Bon d'accord, c'est totalement en lien avec le pavillon. Alors, voilà le problème : notre tante, qui t'a donné la propriété...

Il secoua la tête.

— Non. Ce n'est pas le bon endroit pour commencer.

Il jeta alors un coup d'œil à son cousin comme pour lui demander de l'aide. Blue se leva d'un bond et fit les cent pas derrière le canapé.

— Tu vois ? Je le savais. Même les personnes situées au sommet de la chaîne alimentaire peuvent apprendre.

— Oui oui. Continue.

— Ce sera beaucoup plus facile avec une démonstration. Considérez-moi comme le point de départ de ce dont nous parlons, et Jace comblera les lacunes par la suite.

Il déboutonna sa chemise, la fit glisser de ses épaules et la suspendit au dossier du canapé.

Lorsqu'il défit son pantalon pour le baisser, Cassidy décida qu'elle n'allait pas l'arrêter. Après tout, qu'était-ce un autre homme nu dans sa maison ? Sauf que là, ça serait dans le salon et non la cuisine.

Stephanie s'adossa au dossier du canapé et jeta un coup d'œil derrière le meuble.

— Tu veux que je trouve de la musique pour aider à créer de l'ambiance ?

À ce moment-là, Blue était nu.

— Non. Ça ne prendra qu'une minute.

Cassidy aurait bien aimé pouvoir attribuer cela à une intoxication au sucre, mais ce n'était pas une hallucination. Une minute, Blue se tenait là, un excellent exemple de virilité, et l'instant suivant, un grand loup contournait le coin du canapé et s'asseyait par terre près de la table basse, tête penchée sur le côté avec la même expression arrogante que Blue tout à l'heure.

— Ah, d'accord, dit Cassidy en se pinçant le poignet et en jetant un coup d'œil à Jace assis sur la chaise à côté d'elle.

Elle n'était pas totalement ignorante, mais en voyant

une autre personne faire ce même tour bizarre, elle fut parcourue d'une bouffée d'adrénaline.

— Tu es drôlement poilu.

Quant à Stephanie, sa mâchoire était grande ouverte.

— Sérieusement ? D'accord, laissez-moi faire le calcul. Si vous êtes cousins et que votre tante était propriétaire du Timberwolf Lodge, alors cet endroit est votre maison « familiale ».

Elle mima des guillemets au mot « familiale ».

Blue haleta et sourit à Jace.

— Je te déteste, lui dit Jace. Ça va être impossible de vivre avec toi.

Le loup glapit et sourit davantage.

Jace se tourna vers Cassidy.

— Ce n'est pas la réaction que j'attendais. Vous connaissez les métamorphes ?

Elle comprenait maintenant mieux son commentaire « compliqué ».

— Oui, mais théoriquement parlant. On connait le principe, mais on ne sait rien du fonctionnement. Tu as encore quelques explications à nous fournir, surtout au sujet de toi et de ton cousin Del et de toutes ces choses si effrayantes qui semblent planer au-dessus de nos têtes.

Blue sauta sur le canapé avant de poser sa tête sur ses pattes tout en regardant Stephanie.

— Je peux le toucher ? demanda Stephanie avant de jurer doucement. Non, oublie que j'ai demandé ça comme ça, parce que c'était vraiment impoli. Tu es toujours toi, même si tu es devenu terriblement mignon. Blue, est-ce que je peux te toucher ?

Blue s'avança et posa son menton sur la cuisse de la jeune femme dans une invitation claire.

Tandis que Stephanie caressait lentement l'oreille de

Blue, Cassidy avait une question importante en tête. Elle se tourna vers Jace.

— Et tu peux faire ça aussi ?

— Me transformer en loup ? Oui, depuis mes quatre mois environ.

C'est ce qu'elle pensait sur la base de ses propres informations.

Et ce qui la faisait vraiment reconsidérer le fait qu'elle ait envisagé de l'embrasser à en perdre la tête et faire des choses plus intimes.

Pourtant, elle se contenta de hocher la tête, même si elle mourait d'envie de lui demander une démonstration.

— Cette liste de choses à faire dont on parlait pour le pavillon... est ce qu'il faut y repenser en gardant à l'esprit ce truc de peluches ?

Lui et Blue grimacèrent en même temps.

— En partie, cependant, on préférerait vraiment que vous nous appeliez des métamorphes et non des peluches. C'est complètement différent. Vous voulez en parler maintenant ou y réfléchir d'abord ? Parce que l'après-midi va passer vite et que pour l'instant, vous n'avez encore nulle part où dormir.

Ce n'était pas une mauvaise suggestion.

— Si je reste assise ici plus longtemps, je vais m'endormir. Et tu as raison. Il y a beaucoup à faire pour rendre cet endroit vivable, déclara-t-elle avant de lever un doigt vers Jace. Mais cette conversation n'est pas terminée.

— Absolument pas, dit-il en la regardant avec chaleur avant d'ajouter : commençons par faire de cet endroit un foyer.

Elle ignorait pourquoi ces mots la faisaient frissonner d'anticipation.

7

———

Ne pas avoir à passer des heures à calmer Cassidy et Stephanie ou à leur parler derrière une porte verrouillée fut une belle surprise.

Par contre que Blue jubile sans cesse ? Là c'était moins charmant.

— Je te jure que si tu me souris comme ça encore une fois, je t'arrache la queue et je te l'enfonce dans la gorge, le prévint Jace.

Blue émit un petit tsss.

— D'accord, très bien, dit-il en serrant faussement les dents. Tu préfères ce sourire ?

Jace décida qu'une bonne raclée serait totalement justifiée. Par contre, le fait de le faire tomber à la renverse en lui balançant une table de chevet était peut-être un peu excessif, mais tant pis...

Bon, en grande partie justifié alors, songea Jace.

Blue se releva, toujours en riant.

— D'accord, je vais arrêter, mais sérieusement, cousin. Tu aurais vu ta tête, quand elles ont à peine réagi à la vue de ma merveille de fourrure. C'était à mourir de rire.

— Je n'en doute pas. Mais il faut maintenant qu'on supprime le mot fourrure de notre vocabulaire, car on ne veut pas que ça devienne une habitude lorsqu'on parle de nous, de notre meute ou des loups-garous en général, n'est-ce pas ?

Son cousin ramassa les draps tombés au sol lors de sa chute.

— Exact. Alors, quand vas-tu leur dire le reste ? Y compris le fait que toi et Cassidy soyez... tu sais ? Conjoints.

— J'improvise au fur et à mesure, rétorqua Jace en remettant la table à côté du lit qu'ils avaient ramené du hangar. Qu'est-ce que tu vas dire à Stephanie ?

— Rien.

Jace leva les yeux vers lui.

— Blue. Tu ne songes quand même pas à cacher un secret à ta compagne, n'est-ce pas ?

— Non, pas vraiment. Il se passe encore quelque chose que je n'arrive pas à déchiffrer. Comme si j'étais sûr que nous serons compagnons, mais pas tout de suite, et que quelque chose d'autre doit se produire avant qu'on puisse le devenir. Mais ça me va.

Ça lui allait ? Les entrailles de Jace tremblaient à force de désirer Cassidy, et Blue envisageait avec désinvolture d'attendre ?

Les loups Omega étaient tellement bizarres.

— Tu sais très bien que tu as tort, dit Jace en secouant la tête. Je veux dire, je sais que tu as raison, mais bon sang...

— Je sais, je sais. Nous ne pouvons pas tous être aussi formidables que moi.

Ils se regardèrent un instant, tous deux de la même famille, mais aussi des amis de longue date. Jace avait toujours eu confiance en Blue. Son cousin savait comment tout arranger, et il n'y avait aucune raison de cesser de lui faire confiance.

— Un pas à la fois, dit Jace d'un ton ferme. Je n'ai peut-être pas de pouvoirs mystiques, mais j'ai confiance. Je répondrai à toutes les questions de Cassidy, mais je ne vais pas prendre les devants et tout déballer par moi-même. La priorité est de trouver un moyen de rendre Timberwolf Lodge opérationnel.

— Maintenant que nous savons qu'elles connaissent les métamorphes, nous pouvons contacter les anciens clients d'été, suggéra Blue pensif. Cependant, nous savons tous les deux que rénover cet endroit et relancer l'activité ne sera qu'un détail comparé au vrai problème.

Ce qui signifiait que Del devait déjà être au courant du retour de Jace.

— Je continue de réfléchir à la meilleure façon de gérer ça, avoua ce dernier.

Blue le suivit dans le couloir et dans les escaliers.

— Donc tu ne comptes pas t'en tenir au statu quo ?

Jace se rendit à la cuisine, et observa par la fenêtre Cassidy et Steph qui nettoyaient le brasero. Il fut saisi d'un doux mélange de souvenirs et d'espoir pour l'avenir.

— Je ne peux pas. S'il ne s'agissait que d'une visite de courte durée, j'aurais gardé la tête baissée ou même rampé pour maintenir la paix. Mais elle change tout.

Blue posa une main sur son épaule et hocha la tête avec une douce et sage expression qui contrastait avec ses vêtements extravagants.

— Trouver sa moitié change tout. Et même si je ne peux pas affirmer que tout se passera bien, je peux dire que j'ai un bon pressentiment concernant les changements à venir.

— Merde, j'espérais que tu aurais une vision de Del venant me serrer la main, et que tout s'arrangerait.

— Ce serait si sympa, n'est-ce pas ? marmonna Blue. J'espère qu'aucun de vous ne finira avec des membres manquants.

Jace était entièrement d'accord, mais cela ne changeait rien à la vérité.

— Je ferai ce qui doit être fait. Tu sais que je ne veux pas me battre contre Del, mais s'il le faut, je n'aurai pas le choix.

Son cousin se tourna vers lui, le regard de plus en plus amusé.

— J'ai détesté quand tu es parti, mais j'ai aussi détesté que toi et Del ayez failli vous égorger. Partir était donc la meilleure chose à faire.

Blue indiqua alors les femmes qui riaient. Stephanie portait une couronne confectionnée avec de jolies fleurs colorées.

— Mais maintenant, grâce à notre tante, la donne a changé, poursuivit-il. Les filles semblent à leur place ici. Alors oui, quoi qu'il en coûte, je suis ton homme.

Jace serra la main que Blue lui tendait. Le lien entre eux semblait illuminer les lieux : la famille, l'amitié et quelque chose d'instinctif et profond du côté loups qui rendait plus solide le sol sous leurs pieds.

Jace n'avait toujours aucune idée du timing ni de la meilleure façon de s'y prendre. Il devait suivre son instinct.

Un pas après l'autre.

À l'extérieur, Cassidy tentait de déplacer une grande fontaine à oiseaux. Jace se précipita vers la porte, prêt et disposé à se plier aux ordres de sa compagne : que ce soit pour soulever des charges lourdes, ou répondre aux questions.

Avec un peu de chance, s'embrasser... voire plus.

À l'intérieur, son loup s'étira et dressa les oreilles.

Bientôt, il devra présenter Cassidy à son autre moitié.

LE RESTE de la journée s'écoula dans un flou d'activité.

Leur objectif était d'aménager deux des chambres avec salles de bains attenantes, une pour Cassidy et l'autre pour Stephanie. Ils commencèrent également à nettoyer le salon et à remettre la cuisine en état de marche.

Ou, comme l'avait dit Stephanie : dé-Marviniser l'endroit.

En milieu de journée, Blue fit au saut à l'épicerie et acheta de quoi préparer un petit dîner, qui fut plus que suffisant après tout ce qu'ils avaient ingurgité à midi.

Certains meubles de la maison étaient encore utilisables. D'autres n'avaient besoin que d'un peu d'huile de coude pour être nettoyés. Dans deux des chambres pleines à craquer, ainsi qu'un hangar de stockage extérieur, ils découvrirent des meubles. Cassidy pouvait déjà imaginer à quoi ressemblerait le pavillon à la fin.

Mais la quantité de travail était épuisante. Cassidy avait une formation en hôtellerie et centres de villégiature, mais repartir de zéro était différent. Elle avait besoin d'élargir son plan et d'ajouter beaucoup plus de détails, surtout depuis les dernières révélations.

Il était à peine 21 heures lorsque Stephanie s'effondra sur une chaise près du brasero, la main théâtralement pressée contre son front.

— Achevez-moi, je suis morte.

Blue s'installa à côté d'elle en lui tendant une bouteille d'eau fraiche couverte de condensation.

— Hydrate-toi. La santé c'est le plus important.

Stephanie leva la main, doigts écartés et yeux fermés en espérant que Blue ferait le reste.

— Je suis trop fatiguée pour apprécier la citation de Princesse Bouton d'Or. Donne.

— À ton service.

Cassidy s'affala sur sa chaise en regardant le ciel toujours bleu.

— C'est bien qu'il fasse jour aussi tard, mais il faut faire attention à ne pas nous surmener au-delà du raisonnable.

— Vous avez fait du bon travail aujourd'hui, dit Jace en ravivant le feu et faisant crépiter les flammes sur le bois.

— On a abattu cinq jours de boulot en moins de douze heures, le corrigea Stephanie qui avait déjà bu toute la bouteille d'eau et qui se levait en gémissant. Chaque fête a son rabat-joie, et ce soir, c'est moi. J'ai roulé pendant quatre jours et je suis épuisée. Je vais faire trempette dans cette baignoire fraîchement lavée, puis ramper dans mon lit avec mes draps propres, et si vous me voyez avant midi, ce n'est pas vraiment moi. C'est mon fantôme à la recherche de café.

Blue se leva aussitôt.

— Je t'accompagne jusqu'à la maison.

Stephanie le regarda avant de se tourner vers la porte de la maison qui se trouvait à moins de six mètres.

— C'est vrai que c'est si loin. Comment pourrais-je trouver mon chemin sans ton aide ?

— Je sais où se trouve la réserve de chocolat.

Blue resta impassible quand Stephanie lui sauta au cou.

— Je prends ça pour un oui, ajouta-t-il. Bonne nuit, Cassidy. Bonne nuit, Jace. Je vais retourner chez moi et emballer quelques affaires. On se voit demain matin.

Sa meilleure amie et le cousin de Jace disparurent dans la maison. Une minute plus tard, Blue réapparut, leur fit un signe de la main, puis repartit d'un pas nonchalant, les mains dans les poches en sifflant joyeusement alors qu'il s'enfonçait dans la forêt.

— Hmm.

Jace rapprocha sa chaise du feu avant de se tourner vers Cassidy.

— Quoi donc ?

— Je suis un peu confuse, avoua Cassidy. J'aurais juré que Blue draguait Stephanie, ce qui aurait été très intéressant à regarder compte tenu de... Eh bien, compte tenu de Stephanie. Mais il est entré, lui a montré la cachette de chocolat, puis est reparti.

— C'est un homme compliqué, notre Blue.

Jace lui attrapa les chevilles et posa ses pieds sur ses genoux. Après avoir défait ses lacets, il lui retira ses chaussures.

— Qu'est-ce que tu fais ? Oh. Mon. Dieu.

Cassidy fondit presque dans sa chaise quand Jace passa ses pouces le long de sa plante de pied. Toutes les petites terminaisons nerveuses qui s'y trouvaient, levèrent les mains en l'air et applaudirent.

— Ça a été une longue journée, et tu ne veux pas de chocolat, répondit Jace d'une voix basse et séductrice qui fit également applaudir les autres parties du corps de Cassidy.

— J'ai déjà eu du chocolat. Et ça, c'est mieux.

Elle donnait l'impression d'avoir bu. Et alors ? Tant qu'il continuait à faire ce qu'il faisait. Ou peut-être qu'il devait faire ce qu'il faisait ailleurs qu'à ses pieds...

Mauvaises pensées, étant donné qu'elle venait de le rencontrer et qu'il était intimement lié à tout ce qui allait l'occuper durant les jours à venir. Mais elle était excitée rien qu'à l'idée de ses mains en train de la caresser.

Il s'esclaffa doucement.

— Tu viens de faire une grimace incroyable. Que se passe-t-il dans ta tête ?

— Beaucoup trop de choses, et rien de tout ça n'est logique, se plaignit-elle.

— Pourquoi est-ce que ça doit être logique ?

Bonne question, étant donné qu'elle parlait à un homme qui pouvait se transformer en loup.

— Dis-m'en plus sur cette histoire de loup.

Dieu merci, cet homme pouvait faire plusieurs choses à la fois : ses mains continuèrent de bouger.

— Quoi précisément ? C'est un sujet assez vaste.

— Comment vous appelez-vous ? Êtes-vous nombreux ici en Alberta ? Je suppose que vous préférez vivre à la campagne, mais je sais que certains doivent vivre en ville.

Il mit davantage de pression, ce qui interrompit Cassidy, car elle était trop occupée à gémir pour parler.

— Avant de devoir écrire un roman, permets-moi d'éliminer déjà celles-là : on dit « loups », parfois loup-garou. « Métamorphe » convient très bien aussi parce qu'on peut préciser l'espèce : métamorphe loup, métamorphe chat, couguar, aigle.

— Ah. Tous des prédateurs.

— Pas exactement, mais en tout cas, rien qui ne puisse pas se défendre. Par exemple, si tu cherches des métamorphes hamsters, tu n'en trouveras pas. Et je n'ai toujours pas compris la physique des aigles et des faucons avec leur rapport poids/masse. Je dirai que tous les métamorphes volants que j'ai rencontrés étaient énormes sous leur forme animale et plutôt petits sous leur forme humaine, mais tout en muscles, comme des armoires à glace ambulantes.

Tant de questions – elle n'avait même pas pensé à la différence de taille entre les deux espèces.

— Comment se fait-il que tu connaisses les métamorphes ? demanda Jace.

Il appuya sur les orteils, et c'était vraiment agréable, presque comme des chatouilles. Elle souriait donc en répondant :

— J'ai vu quelqu'un le faire. C'était inattendu, mais dans une situation et un contexte où je n'avais absolument pas le droit de paniquer. La personne non plus ne savait pas comment ni pourquoi, donc depuis des années, Stephanie et moi savons que c'est possible, mais sans plus de détails.

Et c'était tout ce qu'elle allait dire, du moins pour le moment.

Un sillon se creusa entre les sourcils de Jace.

— Tu ne me dis pas tout.

— N'est-ce pas une sensation merveilleuse ? le taquina-t-elle avant de se pencher pour couvrir sa main de la sienne. Désolée. Je ne suis pas mystérieuse pour t'embêter. Ce n'est pas mon secret, mais je promets de demander la permission pour en parler dès que possible.

— Ça marche, acquiesça-t-il en se penchant en arrière.

À côté d'eux, le feu crépitait. Ajouté à cela les bruits des animaux dans la forêt et le vent secouant les feuilles, et cela ressemblait à la bande originale d'un film sur la nature.

Tant de questions, mais elle était épuisée. Elle croisa son regard – ces magnifiques et fascinants yeux d'un bleu profond qui semblaient plonger directement dans son âme.

— Je vais laisser là mes questions pour l'instant, sauf celle-ci : est-ce que tu fais quelque chose pour que je ressente ça ?

Le regard de Jace se fit brûlant. Perspicace.

— Comment te sens-tu ?

— Comme si je te connaissais depuis toujours, avoua-t-elle en l'étudiant. Comme si je voulais désespérément apprendre chaque détail sur toi. Comme si je voulais t'emmener au lit et ne pas en sortir avant une semaine.

Jace déglutit avec effort et inspira profondément avant de fermer brièvement les yeux.

— Je jure solennellement que je ne fais rien de néfaste. Mais cette connexion entre nous, c'est à cause du truc de loup, et c'est réel. Tout ce que tu as dit, je le ressens aussi.

— D'accord. Intéressant.

Ils restèrent assis en silence pendant un long moment, puis Jace se leva et la prit dans ses bras.

— Waouh, homme-loup, commença Cassidy.

— Ne t'inquiète pas. Tu es épuisée et je n'ai pas envie de te remettre tes chaussures.

Il la porta dans la cuisine comme si elle était en apesanteur avant de la reposer.

— Blue sera de retour dans la matinée. Je vais m'installer dans l'un des chalets, donc je serai là aussi. Toutes les autres questions peuvent attendre.

Cassidy se tenait là, pieds nus, alors que le métamorphe loup qui la faisait chavirer sortait par la porte.

C'était ce qu'elle avait demandé et ce qui devait arriver. Pourtant la déception qui monta en elle en disait long sur cette journée folle, confuse et incroyable.

8

———

*J*ace réussit à atteindre le premier chalet en dominant sa frustration et sa faim. Il était à peine déshabillé qu'il se transforma. Sa colonne vertébrale se réaligna et ses couleurs changèrent alors qu'il passait d'humain à loup avec une facilité et un plaisir inchangé depuis plus de trente ans.

Sous ses pattes, la terre trembla.

Ou peut-être que c'était encore lui qui réagissait au désir scandaleux qui enflait en lui. Le besoin d'être auprès de sa compagne menaçait de détruire toute sa rationalité humaine, même s'il n'avait aucun problème à s'asseoir dessus de temps en temps...

Il courut, son corps s'allongeant à chaque foulée. Il poussait avec force sur ses pattes arrière pour se propulser vers l'avant, se faufilant entre les arbres avec une aisance qui reflétait une confiance totale en son loup.

Son corps volait, ses muscles se tendaient, ses pensées passaient d'analytiques à plus primitives. Il appréciait le lien avec la terre fraiche sous ses pieds et le baiser de la nature sur sa fourrure. L'odeur des animaux de la forêt, le parfum persistant d'un barbecue provenant d'un terrain voisin.

Et elle. Toujours elle, bon sang. Cassidy était déjà en lui. Il en était ravi et pourtant tellement perturbé.

Une compagne. Il avait une compagne.

Blue l'avait bien dit : avoir un compagnon changeait tout. Jace était peut-être revenu à Timberwolf Lodge à contrecœur, mais il était décidé à rester à présent.

Rester signifiait défier son cousin Del. Au lieu d'éviter les conflits comme il s'était efforcé de le faire ces dernières années, Jace se préparait à faire ce qu'il fallait : rien et tout à la fois, y compris un changement de direction agressif et potentiellement mortel.

Le sang allait devoir couler, mais l'idée était bien moins frustrante lorsqu'il le considérait du point de vue d'un loup.

Le plus fort mène le peloton. Je suis le plus fort, donc je dois commander.

Cette pensée était purement celle d'un loup, mais son côté humain était pourtant d'accord.

Jace ralentit. Le fait d'avoir pris sa décision aurait dû lui donner un sentiment de puissance accompagné de lumières éblouissantes et une chorale d'Alléluia. Mais à la place, il en ressentit une grande paix intérieure.

Même de savoir que Del ne survivrait peut-être pas à la confrontation, n'arrivait pas à faire perdre à Jace et son loup leur contentement.

Il courut en cercles élargis autour de Timberwolf Lodge, vérifia les marqueurs de territoire et en ajouta quelques-uns : il commençait à revendiquer cette terre comme le souhaitait sa tante.

Il était presque minuit lorsqu'il passa une dernière fois devant le pavillon, suffisamment près pour voir du mouvement sur le porche.

Son odeur avait rempli ses sens toute la soirée, mais à présent elle était là, dans la pénombre du porche branlant et le regardant sans aucune trace de peur.

Il aurait dû se détourner et rester sur sa détermination à lui donner l'espace et le temps dont elle avait besoin pour comprendre à quel point son monde avait changé.

Elle n'en avait aucune idée... pas encore. Pas avant qu'ils reprennent leur discussion dans la matinée et toutes les matinées qui suivront.

Au diable tout cela. Les bonnes intentions c'était de faire ce qui était bon pour elle et pour lui, et pour le moment, cela signifiait s'approcher du porche et en gravir les marches pour s'arrêter à ses pieds.

Les murs derrière elle avaient désespérément besoin d'être poncés et peints. Le plancher craquait tellement qu'il avait dû vérifier cet après-midi-là que la maison n'allait pas s'effondrer sur elles.

Cassidy portait un short et un délicat débardeur moulant, et pourtant parfait.

Un contraste complet et total : Le pavillon, son passé. Elle, son avenir.

Elle s'abaissa à son niveau, la tête penchée sur le côté. Son expression lui donnait envie de faire quelque chose de sauvage et de scandaleux.

— Je prends des risques, mais je suis presque certaine que tu es Jace, dit-elle doucement. Oui ?

C'était une erreur, mais impossible de résister. Il s'avança pour la lécher du menton jusqu'à la racine des cheveux avant qu'elle ne recule avec un reniflement.

— Écoute, peu importe à quel point j'avais envie de t'embrasser tout à l'heure, mais ta langue n'ira pas dans ma bouche quand tu seras poilu.

Jace fit le tour de Cassidy, la frôlant et s'imprégnant de

son odeur. Lorsqu'il revint face à elle, Cassidy enroula ses mains autour de ses épaules et le caressa.

Comme il n'était pas idiot, il s'assit et la laissa le caresser.

Et bon sang, elle savait exactement comment faire, mais elle ne se contenta pas de le caresser de la bonne manière : elle enfonça ses doigts à cet endroit précis qui le démangeait derrière l'oreille et qui lui donnait envie de rouler sur le dos.

— Tu es doux. Mais je sens à quel point tu es musclé, dit Cassidy en se penchant à nouveau pour le regarder dans les yeux. Je sais que tout ça c'est normal et banal pour toi, mais c'est vraiment époustouflant de penser que tu es là-dedans.

Elle eut alors en énorme bâillement, et même si elle se couvrit rapidement la bouche, il était trop tard. Jace bâilla en retour avant de secouer la tête.

Un doux rire échappa à Cassidy.

— Donc les bâillements sont aussi contagieux entre les humains et les loups ? dit-elle avant de tourner la tête vers la porte. J'allais me coucher. Je regardais par la fenêtre et je me demandais si tu reviendrais avant d'aller dormir.

Elle se leva et il lui effleura les tibias. Cassidy sembla réfléchir, puis elle ouvrit la porte.

— Si tu veux entrer, ça ne me dérange pas.

C'était vraiment une mauvaise idée.

Le loup de Jace lui fit franchir la porte et monta les escaliers avant qu'il puisse reprendre ses esprits. Cela n'allait que le rendre encore plus fou d'être avec elle sans être avec elle. Mais c'était le meilleur des mauvais choix.

Peut-être que son humain ne pouvait pas encore l'avoir, mais son loup pouvait parfaitement dormir aux côtés de sa compagne.

～

Le rythme cardiaque de Cassidy n'avait pas encore ralenti.

Bon sang, à quoi pensait-elle ? Elle avait peut-être vu Blue se transformer en loup devant elles, mais rien ne garantissait que le loup errant devant Timberwolf Lodge au milieu de la nuit soit le métamorphe de ses rêves.

Et le fait d'approcher son visage si près de ses dents acérées comme des lames de rasoir...

Pourtant, elle trouva parfaitement logique de descendre les marches et se rendre sur le porche, car rien qu'en le regardant, elle savait.

Elle savait au plus profond d'elle que c'était Jace.

Alors qu'elle suivait le loup qu'était Jace dans les escaliers, puis dans sa chambre, elle ne put s'empêcher de sourire. C'était bien mieux que n'importe quelle histoire de Boucle d'or ou du Petit Chaperon rouge. C'était génial, ce royaume fantastique où l'homme sur lequel elle avait jeté son dévolu apparaissait sous forme de loup pour sauter sur son lit.

Elle s'arrêta à côté du matelas. Les draps étaient toujours rabattus depuis qu'elle s'était précipitée vers la fenêtre puis à l'extérieur. Elle aurait dû s'y glisser, mais elle hésita.

— Je me sens mal à l'aise. Tu vas dormir sous les couvertures ? Parce que je ne sais pas ce que j'en pense, du moins sous ta forme poilue. Et en te regardant, je me suis soudain demandé si tu allais faire trois tours en rond avant de dormir.

Jace sauta du lit, et pendant un horrible instant, elle crut qu'elle l'avait tellement offensé qu'il partait.

Au lieu de cela, il lui donna un coup de museau assez fort pour qu'elle tombe sur le matelas. Le temps qu'elle se redresse, il avait sauté à côté d'elle en affichant un sourire de loup.

Il la poussa à nouveau, cette fois doucement, vers l'oreiller.

— Tu es très autoritaire pour quelqu'un qui ne peut pas parler, déclara Cassidy en s'installant confortablement tandis que son esprit continuait de s'emballer. Mais tu peux le faire... parler, je veux dire. Tu veux faire des bruits de loup, hurler et japper. J'ai toujours voulu savoir ce que signifiaient les glapissements. Vous devez avoir des moyens de communiquer. Oh, mon Dieu, j'ai tellement de questions.

Le loup qu'était Jace leva les yeux au ciel, puis s'installa à côté d'elle en posant son menton sur sa cuisse.

— Je sais. Je sais, les questions attendront demain.

Elle posa une main sur sa tête avant de le caresser doucement. Il ferma les yeux et un faible grondement de satisfaction monta du plus profond de lui, comme un générateur au repos ou un chat satisfait qui ronronne.

Elle réprima un gloussement : il y avait de fortes chances qu'il n'apprécie pas l'analogie avec le chat.

Elle décida alors que c'était une excellente occasion de lui parler, puisqu'il ne pouvait pas l'interrompre sans ses cordes vocales humaines.

Ce serait plus facile de parler pendant qu'elle le caressait.

— Cet endroit est vraiment important pour moi. Pour Stephanie aussi. Et sa sœur et les enfants... Mon Dieu, cet endroit va être le changement dont ils ont besoin. Mais en ce qui me concerne, j'ai l'impression que cet endroit est mon nouveau départ et ma dernière chance.

Elle le gratta entre les yeux alors qu'il la regardait franchement.

— Quand j'ai gagné Timberwolf Lodge à la loterie, j'ai donné mon préavis et j'ai brûlé tous les ponts derrière moi. Je travaillais dans l'hôtellerie, mais les nouveaux propriétaires de la boutique-hôtel que je dirigeais étaient insupportables. Quand j'ai su que j'avais une échappatoire, je leur ai livré le fond de ma pensée. Et puis on a vendu ou donné tout ce qui ne rentrait pas dans la fourgonnette. Retourner à Toronto n'est pas une option.

Les épaules du loup se soulevèrent alors qu'il soupirait lourdement. Il frotta son nez à ses doigts dans une marque de sympathie et de sollicitude.

— Je suis déterminée à faire en sorte que ça marche. Je te le dis, parce que quoi qu'il se passe entre nous, ça ne doit pas empêcher le succès de Timberwolf Lodge. Sache que même si je suis très ignorante de tous les faits qui se passent ici, je suis pleinement impliquée. Je peux être un élément moteur quand je veux quelque chose.

Elle s'allongea alors sur le dos et regarda le plafond, décidée à se montrer honnête jusqu'au bout.

— La chose pour laquelle je ne suis pas très douée, c'est d'obéir à des règles illogiques. J'espère vraiment que les obstacles à franchir pour que l'endroit soit opérationnel sont des défis que nous pourrons relever ensemble.

Jace frotta sa tête contre sa main et lorsqu'elle se tourna pour croiser son regard, il baissa le menton. Fermement, et une seule fois. Puis il ferma les yeux et posa sa tête contre elle. Conversation clairement terminée.

Elle regarda le plafond encore un moment. Les métamorphes n'étaient pas qu'un miracle ponctuel. Un loup dormait dans son lit. Un métamorphe loup qu'elle espérait convaincre de redevenir humain demain afin de l'embrasser.

C'était une bonne idée sur laquelle s'endormir, décida Cassidy.

Le lendemain, elle fut déçue de se réveiller dans un lit vide et que l'endroit où Jace avait dormi ne soit même pas chaud.

Elle regarda par la fenêtre et soupira.

— Un autre jour, une autre aventure.

Cassidy s'habilla puis jeta un coup d'œil dans la chambre que Steph avait choisie. Des vêtements gisaient partout, mais il n'y avait aucun signe de son amie.

D'autres vêtements étaient éparpillés dans le couloir et les escaliers comme une piste avec des miettes de pain. Cassidy secoua la tête tout en ramassant les affaires.

— Stephanie. Tu es vraiment une grosse paresseuse. Faire deux allers-retours à la machine à laver ne te tuera pas.

En arrivant au rez-de-chaussée, la pile dans ses bras était à la hauteur des yeux, mais aucun signe de son amie.

— Je vais te faire porter mes affaires toute la semaine prochaine, menaça Cassidy. Stephanie, où es-tu, bon sang ? Viens ici.

Pas de réponse de Steph, mais un grand fracas retentit contre la porte d'entrée. Cassidy grogna de frustration avant de transférer précairement les affaires sur son bras gauche afin de pouvoir ouvrir la porte avec son bras droit.

Elle vit alors le derrière d'un élan. Celui-ci donna un énorme coup à la porte, l'envoyant taper contre le mur d'en face tandis que l'énorme créature pénétrait dans le hall.

9

Cassidy poussa un cri en reculant se mettre à l'abri. Le linge dans ses bras vola vers le plafond avant de retomber comme de la pluie sur l'élan.

— Tu as crié ? demanda Stephanie en franchissant la porte du sous-sol et se retrouvant nez à nez avec l'élan.

Ou du moins ses fesses.

— Oh mince.

La créature se tenait dans toute sa splendeur dans un endroit où aucun élan n'avait jamais mis les pieds auparavant.

Ou du moins, c'était ce qu'espérait Cassidy : que les élans ne se promènent pas autour du pavillon. C'était déjà suffisamment compliqué de gérer les loups qui traînaient surement autour de Timberwolf Lodge, mais les élans ?

La grosse bête se tenait immobile, à l'exception de sa tête, qui se balançait d'un côté à l'autre pendant qu'elle les examinait. Elle n'était pas aussi effrayante qu'elle aurait dû l'être avec les vêtements de Steph accrochés à ses bois, telles des décorations de Noël de mauvais goût.

Steph leva une main tremblante pour repousser la créature – la bonne blague.

— Cass ? Suggestions ?

Cassidy chercha du regard l'arme la plus proche. Où était passé le balai ?

— Je réfléchis.

— Réfléchis plus vite.

— Vitesse de la lumière.

— Encore plus vite.

— Le Tesseract de Marvel ?

L'élan renifla, visiblement amusé, et Cassidy se figea.

Où avait-elle entendu ce bruit récemment ? Elle plissa les yeux en lançant un regard suspicieux à l'élan. Lorsqu'il détourna la tête pour fixer le plafond comme un vilain garnement prit la main dans le pot à biscuits, elle comprit.

Sans aucun doute et aucune crainte, elle s'avança et posa son doigt sur la tête de l'élan tandis que les sous-vêtements de Steph continuaient à se balancer.

— Tu es dans un sacré pétrin, mon pote.

— Euh, Cass ? Qu'est-ce que tu fais ? demanda doucement Steph. Elan, gros. Nous, petites. Mauvais plan de contrarier la faune.

— Ce n'est pas un animal sauvage, émit Cassidy songeuse. D'accord, c'est une *sorte* d'animal sauvage, mais pas un animal sauvage. Dis donc, toi. Je croyais qu'on avait un accord. Tu n'es pas censé traîner sur mon porche.

Derrière elle, un profond rire masculin retentit.

— Marvin. Tu te grattes le cul sur l'encadrement de la porte ?

Cassidy se retourna en ignorant sa meilleure amie et l'élan qui était sans l'ombre d'un doute son squatteur nudiste.

Elle s'attendait à voir Jace, mais à la place, elle vit un

homme du genre avocat qui aurait parfaitement pu poser pour le magazine GQ. Des cheveux noirs et courts, une barbe et une moustache bien taillées, et un costume impeccable qui, elle le savait, coûtait plus cher que sa voiture. Les mêmes yeux bleu nuit que Jace, mais l'expression était beaucoup plus sérieuse et intense.

— Ce... Tu... Marvin ? bafouilla Stephanie, furieuse.

Cassidy se tourna vers son amie, qui arrachait un short du bois droit de Marvin. D'une manière ou d'une autre, l'élan réussit à avoir l'air... penaud.

— Tout va bien ici ? déclara la voix grave et sexy.

Cassidy secoua la tête en se tournant vers l'inconnu qui se tenait au pas de sa porte.

— Pardon. D'habitude je suis moins lente. Bonjour. Bienvenue à Timberwolf Lodge. Est-ce que je peux vous aider ?

— Peut-être, répondit l'avocat en haussant un sourcil et en regardant Stephanie retirer un à un ses vêtements des bois de l'élan Marvin pour les laisser tomber à ses pieds... Enfin ses sabots... bref, peu importe.

La vie de Cassidy était tellement bizarre ces jours-ci.

— Nous ne sommes pas encore ouverts, commença-t-elle.

L'homme leva la main pour l'arrêter.

— Je sais. Ma tante m'a informé de ses projets avant de partir. C'est moi qui ai rédigé les documents juridiques de la loterie. Nous nous sommes rencontrés en ligne lorsque vous les avez signés. Delaney Vezina.

Elle serra la main qu'il lui tendait

— Enchantée de vous rencontrer en personne.

Il tint ses doigts un peu plus longtemps que nécessaire tout en l'étudiant de la tête aux pieds, mais sans être offensant. Était-ce plutôt de l'appréciation ?

Lorsqu'il la lâcha, il arborait une expression plus détendue, et ses lèvres se retroussèrent dans un sourire approbateur.

— Je suis surpris que Marvin ne vous ait pas plus contrariées.

Une voix douce comme un chocolat chaud décadent. Bon sang, Delaney était vraiment un bel homme.

Attendez... Était-ce un homme ? Ou plus ?

— Marvin est pire dans son autre forme, déclara Stephanie avec dédain avant de poser les mains sur les fesses de l'élan pour le pousser vers la porte. Chalet 7, mon pote. Et si je revois ton cul poilu, élan ou pas, devant notre porte, je te rase la tête. Non, je t'épile. Tout brésilien et de partout.

Marvin pencha la tête pour faire passer ses bois à travers le cadre de la porte, et sortit rapidement sans une plainte... ou grognement... Peu importe.

À la dernière seconde, Delaney arracha le dernier vêtement des bois de Marvin.

— Je suis plus que surpris par cette tournure d'évènement, pour être honnête.

Il s'avança vers Stephanie et lui présenta le soutien-gorge en dentelle posé sur sa paume, tel un bijou.

— Et vous êtes ? demanda-t-il.

Sa voix était encore plus basse, plus profonde, et d'une certaine manière, encore plus sexy. Cassidy n'y fut pas insensible. Bon sang, ces loups – parce qu'il devait être un loup – devraient se dévouer pour donner des leçons de séduction au reste de la population masculine.

Cependant, son sex-appeal ne sembla pas fonctionner sur sa meilleure amie. Celle-ci prit son soutien-gorge et regarda l'inconnu avec curiosité.

— Je m'appelle Stephanie. Un des autres noms sur l'acte.

— Hmm.

Le regard de l'homme s'attarda plus longtemps sur elle que sur Cassidy. Puis il prit une profonde inspiration et ses yeux s'écarquillèrent.

— Intéressant. Très intéressant.

La porte d'entrée s'ouvrit à nouveau à la volée – elle allait devoir renforcer le mur si cela continuait.

— Bon sang, les gars. C'est une porte, pas une quintaine, râla Cassidy.

— Éloigne-toi d'elles, ordonna Jace en s'arrêtant face à Delaney.

~

QUEL CAUCHEMAR.

Jace avait passé quelques minutes de plus que prévu chez Blue ce matin-là, et à présent son cousin Del était seul avec les femmes.

— Ce n'est pas le bon endroit, commença Jace avant que Cassidy lui saisisse le bras avec force.

Il se tourna alors vers la jeune femme dont le regard aurait pu couper du verre.

— C'est ma maison. Tu veux bien reculer un peu et décoller ton visage de celui de mon invité ?

— Ton invité ? répéta Jace en se tournant vers son cousin. Pourquoi es-tu ici ?

— Initialement pour une visite de courtoisie.

L'expression de Del devint pensive et il étudia les femmes d'une manière qui irrita grandement Jace, avant d'ajouter :

— À présent, je ne serais pas contre une tasse de café et une longue discussion.

— Pas le temps pour les discussions, déclara Stephanie en ramassant les vêtements et en se tournant vers les escaliers du sous-sol. Enchantée de vous avoir rencontré officiellement, Delaney. La buanderie m'appelle. Tu déchires, Cass. Je t'aime.

— Je t'aime, Steph. Reste comme tu es.

— Toujours.

Ils n'étaient plus que trois : lui, Cassidy... et son cousin. Qui n'était ni fou de rage ni écumant de colère pour leurs premières retrouvailles, comme il l'aurait pensé. Formidable.

Et tellement étrange.

Jace se risqua à reculer d'un petit pas.

— Je peux te préparer du café, proposa-t-il à Cassidy. D'ailleurs, laisse-moi te préparer le petit déjeuner. C'est le moins que je puisse faire après avoir dormi dans ton lit.

Là. Parfait. Et pour que ça soit limpide pour Del, Jace passa un bras autour de la taille de Cassidy et lui sourit.

Sourire qu'elle ne lui rendit pas.

Au lieu de cela, elle lui enfonça les doigts dans les côtes avec assez de force pour qu'il la lâche. Il ravala cependant son cri de douleur. Certaines règles devaient être respectées, et faire preuve de faiblesse devant son cousin n'était pas envisageable.

— Ne sois pas impoli. Et ne te fais pas des idées.

Cassidy avait dit cela à voix basse, mais avec l'ouïe de loup de Del, elle aurait tout aussi bien pu le crier.

— Continue à te comporter comme un âne, et la nuit dernière sera l'unique fois où ton loup sera dans mon lit.

Le sourire qu'afficha Del fut terriblement agaçant.

Bien. Il est temps de se ressaisir. Si Del pouvait agir de manière inattendue, Jace également.

— Discussion en tête à tête ? Un sujet en particulier ?

— Pas avec toi, dit doucement Del en reculant d'un pas et en jetant un coup d'œil en bas des marches où Stephanie avait disparu, avant de se concentrer à nouveau sur Cassidy. Vous êtes arrivées hier. Je peux faire quelque chose pour vous aider ?

— Pas si vite, répondit Cassidy en fronçant le nez d'une façon adorable. Je crois que vous venez de rencontrer les petits caractères du contrat dont vous ne nous aviez pas parlé.

— Ah. Oui. Désolé.

Del eut la grâce d'avoir l'air coupable, mais l'enfoiré réussit quand même à garder un air élégant. Jace n'avait qu'une envie : planter son poing dans le visage suffisant de son cousin.

Cassidy étudia Jace avec attention, notant avec intérêt sa position corporelle. Mais quand elle haussa un sourcil, il lui sourit avec la même décontraction qu'il aurait pu arborer lors d'une banale promenade dominicale dans un parc.

Elle leva les yeux au ciel.

— Bon, pour simplifier les choses. Oui, Steph et moi savons que tu es poilu, dit-elle en le tutoyant.

— Métamorphe, la reprirent Jace et Del à l'unisson, avec le timing précis des nageurs synchronisés.

Parce qu'en réalité, certaines choses nécessitaient de garder un front commun.

Cassidy posa ses mains sur ses hanches, mais ses lèvres se retroussèrent.

— Très bien. *Métamorphe*. Deuxièmement, Blue et Jace ont proposé de nous aider. Jace doit nous aider pour des raisons juridiques. Je suis sûre que tu seras d'accord avec ça.

— Pardon ? fit Del dont le doux ton poli avait disparu, remplacé par de l'indignation pure. Quelles seraient ces raisons juridiques...

— En tant que gérant, poursuivit Cassidy avec fermeté. Nommé à ce poste par l'ancienne propriétaire et approuvé par ton cabinet. Jace doit être ici pour remplir les exigences des documents très importants que tu as supervisés. À moins que... tu te sois trompé ?

Jace était déjà dingue de la jeune femme, mais en voyant Del grimacer, Cassidy s'éleva à ses yeux au rang de reine glorieuse au-dessus de toutes les reines.

Il ne fallut qu'une seconde à son cousin pour se ressaisir, sa colère refoulée et redirigée. Mais Jace savait que la question reviendrait sur le tapis à un moment plus approprié, probablement à un moment impliquant sa peau. Surtout quand Del souriait et montrait les dents.

— Tu as tout à fait raison, rétorqua Del en tournant la tête vers les escaliers du sous-sol. Stephanie est délicieuse. Il y a quelque chose que je dois savoir ?

Soudain Blue apparut de nulle part.

Plus précisément, il apparut depuis le sous-sol – ce qui aurait dû être impossible, car Jace savait pertinemment qu'il n'y avait aucun moyen d'accéder à cet espace autrement que par les escaliers. De plus, quand il l'avait laissé après avoir flairé Del, Blue se prélassait sur le porche d'un chalet.

Pourtant, il était là, l'odeur de Stephanie collée à sa peau, et faisant face au chef dur à cuire de la meute Jasper avec nonchalance.

Sans aucune peur dans les yeux, Blue enfonça ses mains dans ses poches.

— Je commence : Steph est géniale.

Del prit une profonde et lente inspiration. Un grognement sourd commença dans son ventre, mais s'arrêta instantanément lorsque Blue haussa un sourcil et tourna son regard vers Cassidy.

— Ne te mets pas en travers de mon chemin, déclara Del, à nouveau charmant et courtois.

— Bon sang, non, acquiesça Blue avant de donner une petite tape sur le nez de Del comme à l'époque insouciante de leur adolescence. Mais pour info, elle n'est pas au bout de ton chemin.

Jace avait vu des loups perdre des doigts pour moins que cela. Mais il semblait que face aux Omega, même les grands méchants savaient se tenir.

Del se ressaisit puis se tourna vers Cassidy.

— Vous êtes au courant pour les loups et c'est très bien, parce que ça facilite grandement les choses. Il faudra venir rencontrer la meute.

— C'est une bonne idée, réfléchit Cassidy. Je vais en discuter avec Steph, et si ça se fait, Blue et Jace pourront...

— Jace n'est pas invité, la coupa Del d'un ton plat. Tu comprendras bientôt.

— Encore des secrets. Formidable, rétorqua Cassidy avec une fausse gaieté. Je pense que tu ferais mieux d'y aller. Nous sommes très occupés.

Del réfléchit, puis hocha la tête.

— Je vous enverrai une invitation officielle par mail. Et Blue, bien sûr, va et vient à sa guise.

Une malice diabolique traversa le regard de Del avant d'ajouter :

— Au fait, Jace. Emma te passe le bonjour.

— Emma peut aller se faire voir, marmonna Cassidy dans sa barbe – ce qui signifiait qu'ils l'avaient tous entendue.

Jace se risqua à perdre un membre pour glisser un bras

autour des épaules de Cassidy alors qu'ils se tenaient près de la porte et regardaient Del partir.

— Il ferait mieux de faire attention à ne pas se prendre la porte en pleine figure, marmonna-t-elle. Quel beau parleur arrogant.

Délicieux, songea Jace. Quelle merveilleuse journée ça allait être.

Il se tourna vers Cassidy en souriant, mais fut saisi d'une douleur aiguë quand elle lui tordit l'oreille pour le tirer vers elle, le regard furieux.

— D'accord, Cujo. Il va falloir m'expliquer, et cette fois, je veux tout savoir.

L'avait-il considérée comme une reine ? Non, c'était une déesse, et Jace avait hâte de l'adorer comme elle le méritait.

10

Mis à part les matinées étranges, Cassidy ne pouvait se plaindre de s'ennuyer depuis son arrivée à Jasper. Pour être honnête, l'ennui avait été une majeure part de son problème par le passé.

C'est pourquoi lorsque Jace lui fit un clin d'œil et acquiesça, elle le relâcha.

— Insupportable d'arrogance, dit-elle.

— N'est-ce pas ? l'approuva Blue chaleureusement en se dirigeant vers la cuisine. Je vais préparer le petit déjeuner.

— Merci de ton soutien, grommela Jace.

Blue, qui mettait la table, se retourna avec surprise.

— Je te soutiens. Je parlais de Del, pas de toi.

— Je trouve que vous êtes tous des imbéciles arrogants, rétorqua Cassidy en se laissant lourdement tomber sur une chaise.

La chaise s'effondra sous elle, mais Jace la rattrapa avant qu'elle touche le sol et la serra contre lui.

— Attention, Boucle d'or.

— Grrrr, émit Cassidy avant de soupirer. Merci de ton aide. Tu peux me poser.

Jace enfouit son nez dans le creux de son cou et respira profondément.

— Non. Pas encore.

Elle aurait dû protester, lui donner un coup de poing dans le ventre ou quelque chose de ce genre, mais il était chaud, il sentait bon, et il émettait encore ce ronronnement. Elle fondit contre lui.

Lorsqu'il la posa un instant plus tard, ce fut avec lenteur et en la faisant glisser le long de son corps. La chaleur monta entre eux tandis que les pupilles de Jace s'assombrissaient et prenaient une expression intense.

La bouche de Cassidy s'assécha, contrairement à d'autres zones qui devinrent très humides.

Jace inspira profondément, puis gémit, en posant son front contre le sien.

— Tu vas me tuer, femme.

Les mots doucement prononcés lui caressèrent la peau et la firent trembler intérieurement. Elle n'avait pas besoin d'autres preuves que le bassin de Jace pressé contre le sien, pour savoir combien il la désirait.

Elle savait ce qu'était le désir, et elle s'était déjà comportée de manière libre et scandaleuse avec des inconnus rencontrés dans un bar ou lors d'une soirée. Mais il n'y avait jamais eu ce désir et ce besoin. Il fallait qu'ils...

— Crème et sucre ? demanda alors Blue en perturbant ses rêveries très érotiques.

Jace ferma les yeux et grimaça.

— Blue, tu es nul.

— C'est noté. Mais je dois savoir comment préparer le café de Cass.

Elle déplia ses doigts qui serraient le T-shirt de Jace et en lissa l'étoffe, les mains légèrement tremblantes à la pensée de toute cette puissance musculaire disponible et à portée de main.

— Un sucre, pas de crème.

Elle savait que le regard de Jace la suivait, même si elle lui tournait le dos pour se diriger vers une autre chaise près de la table. Cette fois, elle la testa avant de s'asseoir.

Peu importe les montagnes russes dans lesquelles elle se trouvait, il était temps de se poser et d'obtenir des réponses. Elle posa ses mains sur la table et réfléchit à la meilleure façon de commencer l'interrogatoire.

— Qu'est-ce que j'ai loupé ? Vous m'avez fait un café ? Est-ce qu'il reste des mini-beignets d'hier ? demanda Stephanie qui déboula dans la cuisine.

Elle prit la tasse que Blue lui offrait, l'assiette de beignets et s'installa à côté de Cassidy.

— Alors comme ça, Marvin est un élan ? Je n'avais pas ça sur ma grille de loterie.

— Il y a beaucoup de choses qui ne figurent pas sur ma grille de loterie non plus, déclara sèchement Cassidy.

Blue posa une assiette pleine de triangles de sandwich au fromage grillé sur la table. Il en prit un et s'assit en face de Stephanie avant de déclarer :

— Ça a été une matinée passionnante, n'est-ce pas ?

Jace retourna une chaise et s'installa sans regarder la nourriture. Il croisa les bras sur le dossier de la chaise et haussa les épaules.

— Tu viens de rencontrer Del.

— Ton cousin. Mon avocat.

Cassidy marqua une pause pour analyser la situation malgré les émotions qui tourbillonnaient dans ses tripes. Puis décidée, elle abandonna toute idée de finesse. Il était temps de foncer dans le tas.

— Il est poli et intelligent...

— ... et beau, ajouta Stephanie.

— Très beau, approuva Cassidy. Il y a une sorte de pouvoir en lui qui m'a donné envie de me taire et de l'écouter. Il me plaisait, mais plus on parlait, plus il m'agaçait.

Les lèvres de Jace se retroussèrent en un sourire.

— Tu me plais.

— Je suis quelqu'un de très aimable, dit-elle en buvant une gorgée de café. Et je ne déteste pas Del, mais c'est comme s'il y avait quelque chose qui clochait. Quelque chose de déséquilibré ou de confus.

Le visage de Jace resta impassible, mais Blue parut pensif.

— C'est une très bonne façon de le dire, tout bien considéré.

— Et si vous nous en disiez plus ? Parce que c'est manifestement un loup, et le fait que nous soyons tous invités au bal du loup, à l'exception de Jace, montre qu'il se passe quelque chose que je ne comprends pas.

— Del m'a regardée d'une drôle de façon, déclara Stephanie. Drôle, dans le sens bizarre et non amusante. Et tout à coup, voilà qu'il (elle désigna Blue de l'autre côté de la table) apparait de nulle part pendant que je remplissais la machine à laver et se jette sur moi pour me prendre dans ses bras. Non pas que ça me dérange, mais heureusement que je n'ai pas de phobie avec les gens qui sortent des recoins sombres pour vous sauter dessus.

Autre point intéressant. Cassidy serra les doigts de Stephanie, puis toutes les deux se tournèrent vers Jace pour avoir des explications.

— Pour résumer, Del est l'Alpha de la meute Jasper. Son père, notre oncle Paul, en était le chef, mais il a fini par dérailler. Quelqu'un devait le remplacer, et la manière habituelle de le faire dans une meute de loups métamorphes est de prouver que vous êtes le plus puissant.

Stephanie fronça le nez.

— Pourquoi est-ce que j'ai l'impression que tu ne parles pas d'un jeu au bras de fer ?

Jace haussa les épaules.

— Nous sommes humains, mais nous sommes aussi des loups. Quand oncle Paul est devenu un danger pour la meute, il a fallu agir. Je l'aurais fait, mais Del est intervenu le premier. Ce qui signifiait que je devais, soit reconnaître Del comme mon Alpha, soit le mettre au défi et prendre la tête du groupe, ou soit m'en aller.

Il y avait beaucoup de non-dits dans cette phrase laconique. Cassidy avait besoin de clarté, même si tout cela était scandaleux pour elle.

— Quand tu dis que Del est intervenu, ça signifie qu'il a fait quelque chose à son père ?

De l'autre côté de la table, Blue soupira doucement.

— Oncle Paul se droguait. Ça ne fait pas bon ménage avec notre côté métamorphe, et il a fini par devenir non seulement une menace pour lui-même, mais aussi pour la meute. Toute personne moins puissante que lui courait un risque, alors Del a fait ce qu'il fallait.

Comme Jace ne disait rien, Cassidy se pencha plus près.

— Et tu ne voulais pas rester ici avec Del en tant qu'Alpha ?

Il soutint fermement son regard.

— Je suis plus fort que lui. Mon côté humain peut s'incliner et se mettre à plat ventre pendant un certain temps, mais mon loup ne peut rien accepter d'autre que d'être le chef. Sauf que prendre la tête de la meute aurait signifié abandonner le projet sur lequel je travaillais depuis des années et qui était sur le point d'aboutir. Mon travail m'obligeait à m'éloigner de la meute, ce que ne fait jamais un Alpha.

Comme il n'avait toujours pas dit la vérité finale, Cassidy le fit à sa place :

— Et prendre le leadership aurait signifié de devoir tuer ton cousin Del.

Sa déesse ne laissait rien passer. À l'intérieur, le loup de Jace gronda d'approbation.

— Les métamorphes sont assez basiques en fin de compte : les plus forts commandent. Tu dois prouver ta place dans la hiérarchie, et se battre est un moyen simple et rapide d'y parvenir.

Stephanie parut choquée, mais Cassidy réfléchit avant de hocher lentement la tête.

— Si, de toute façon, tu devais partir pour concrétiser ton projet, ça ne servait à rien de t'en prendre à Del, qui avait déjà fait beaucoup pour devenir l'Alpha.

De l'autre côté de la table, Stephanie fronça les sourcils.

— Mais Del était ici aujourd'hui, et à part vous faire la roue des muscles, vous sembliez bien vous entendre tous les deux.

Blue s'esclaffa.

— La roue des muscles. C'est bien trouvé, dit-il avant de sourire à Jace. Voyons si je me souviens bien. Étant donné que renoncer à être l'Alpha quand on est potentiellement capable de l'être est une chose aussi importante que de le devenir, Jace et Del ont eu une confrontation. Del a proféré des menaces, et Jace a réussi à empêcher son loup de le mettre en pièce. Après ça, Del était le leader et Jace est parti.

— Mais tu es censé être l'Alpha. C'est pour ça que ça semblait étrange que Del nous donne des ordres, devina Cassidy.

C'était tentant d'en rester là, mais Jace n'y parvint pas.

— Tu as presque tout compris. Ça ne te semblait pas normal que Del te donne des ordres parce que tu es également assez puissante pour être une chef de meute.

— Allons, dit-elle en battant des cils. Je ne suis pas une métamorphe.

Blue leva ses deux pouces.

— Tu as dit « métamorphe » : bravo !

Cassidy lui lança un regard agacé, mais il était temps de changer de sujet.

— Nous avons encore beaucoup à dire, mais si vous voulez qu'on vous explique en détail comment fonctionne la dynamique de la meute, dites-nous d'abord comment vous connaissez les métamorphes, déclara Blue.

Les femmes échangèrent un rapide regard.

Stephanie prit une profonde inspiration puis acquiesça avant de se lancer :

— Le premier mari de ma sœur était un militaire. Stacy est tombée enceinte juste avant qu'il parte en mission. Il n'est jamais rentré à la maison.

Cassidy ferma les yeux comme si elle revivait la scène.

— Je donnais un bain à Colt. Il avait environ quatre mois, quand soudain, au lieu d'un petit garçon, j'avais un loup trempé qui se tortillait dans mes mains. Je savais que c'était lui, donc je ne pouvais pas paniquer. Je l'ai juste tenu pendant qu'il jouait en tant que loup, puis il est redevenu un enfant.

Blue poussa un léger sifflement.

— Sacrée façon de le découvrir.

— J'avais le cœur au bord de l'explosion, je peux vous le dire, concéda Cassidy.

— On a fait des tonnes de recherches, mais le père de Colt n'avait aucune famille à notre connaissance. Donc, on a dû apprendre à vivre avec ça toutes seules. Colt est un garçon génial, et il a vraiment une bonne – comment dirait-on ? Maîtrise ? Stacy avait un peu peur que le fait d'aller à l'école soit un problème, mais il ne change jamais lorsqu'il est loin de chez lui.

— C'est impressionnant, approuva Jace avant de se tourner vers Blue. Je me demande s'il n'a pas le même genre de don que toi.

— C'est possible. Mais pauvre enfant. C'est dur de grandir en dehors d'une meute. Les loups réussissent mieux quand ils sont entourés des leurs, émit Bleu. Stacy a trois garçons. Et les deux autres ?

— Des humains. Et leur père n'est pas dans le paysage parce qu'il s'est avéré être un connard, lui répondit Stephanie. Explique-moi l'histoire du « don ». Del est un Alpha – de nom du moins. Et Jace est un Alpha : c'est ce qu'il est réellement et ce qu'il devrait être pour la meute. Qu'est-ce que tu es ?

— Magique, rétorqua Blue en remuant les doigts.

En voyant Stephanie ricaner, Blue posa une main sur son torse et fit mine d'être offensé.

— Tu me blesses. Je suis sérieux.

— Aussi agaçant que ça puisse paraître, je dois lui donner raison, déclara Jace. Blue est l'un de ces rares loups qu'on appelle les Omégas. Ils passent entre les mailles du pouvoir et s'en sortent avec des clowneries.

— C'est censé me donner raison ?

Non, mais ça faisait du bien de taquiner son cousin.

— Blue sait parfois à l'avance ce qui va se passer. Il est nul au poker, mais s'il vous dit de sauter, il faut obéir.

Cassidy finit son café et reposa la tasse sur la table.

— Hier, lorsque tu as décidé de te métamorphoser, c'est parce que ton super pouvoir Omega t'a dit que c'était la bonne chose à faire ?

Blue hocha la tête.

— C'était bien vu, dit Cassidy en penchant la tête vers Stephanie. L'intuition primale de Colt a peut-être une explication.

L'expression de Stephanie se durcit.

— Peut-être. Pauvre petit.

Son regard passa de Jace à Blue.

— Sera-t-il le bienvenu dans la meute ? Parce qu'il semble que c'est quelque chose dont il a besoin.

— Absolument. La meute tourne autour des enfants, de la famille et des liens. On fait parfois n'importe quoi dans les autres aspects, mais ça, c'est ce qu'une meute fait de mieux.

Et Jace allait faire tout ce qu'il pouvait pour que ça marche. Y compris la partie qu'il évitait encore : celle sur lui et Cassidy.

Elle l'examina avec suspicion.

— Tu n'es vraiment pas doué pour expliquer les choses.

— Ça fait beaucoup d'informations en peu de temps, rétorqua-t-il.

— Donc, tu crois pouvoir me sortir avec désinvolture que je pourrais diriger à la place de Del, sans rien me dire d'autre ? Ça voudrait donc dire qu'à un moment donné, je pourrais être invitée à prendre part à un défi physique et violent ? Chose que je refuserais étant donné ma constitution fragile d'humaine.

Elle avait raison. Il ne pouvait pas clore la discussion

maintenant. Jace jeta un coup d'œil à Blue, qui haussa les épaules de manière évasive.

— C'est à toi de décider.

Super. Aucune aide de ce côté-là. Au moins, Blue ne le mettait pas en garde.

Mais il n'allait pas le faire ici. Jace enroula ses doigts autour du bras de Cassidy pour l'inviter à se lever.

— Viens avec moi.

Elle le suivit avec grâce, marchant à ses côtés alors qu'ils traversaient le salon et sortaient par la porte d'entrée.

Le soleil matinal perçait à travers les arbres, et des touches de jaune vif se reflétaient sur l'herbe verte et grasse sous leurs pieds. Une journée de juin parfaite et un moment idéal pour méditer.

Il s'arrêta sous un pin massif, à la lisière de la forêt. Le sentier qu'ils avaient parcouru tant de fois lorsqu'ils étaient enfants – sous forme humaine ou loup – commençait à cet endroit pour disparaitre dans les bois frais et parfumés.

Il se tourna vers Cassidy, lui prit les mains et pressa ses paumes contre son torse.

— Ferme les yeux.

Elle haussa un sourcil, mais suivit ses instructions.

Jace la regarda un instant, observant la courbe douce de ses joues, la ligne sombre de ses cils au repos, son visage serein et paisible. Une beauté aux cheveux noirs qui lui faisait confiance.

Son cœur battait à tout rompre et il avait envie de crier, de rugir et de hurler de joie.

Au lieu de cela, il lui parla avec l'autre partie qui vivait en lui.

— Écoute. Sens. Apprends.

11

Ils se tenaient là, baignés par le soleil. Une douce chaleur réchauffa les épaules de Cassidy, comme un délicat baiser qui promettait une belle journée.

Alors qu'elle fermait les yeux, ses sens s'aiguisèrent. Le chant des oiseaux devint plus fort et l'odeur printanière plus vive. Sous ses paumes, le cœur de Jace tambourinait suffisamment fort pour que ses mains bougent en rythme.

Écoute. Sens. Apprends.

Il l'avait dit de sa voix profonde et sexy, à laquelle s'ajoutait comme une touche de sauvagerie. Quelque chose de terreux et de primal, et même si elle savait qu'elle était immobile sous le soleil qui chatouillait sa peau, elle se sentait bouger.

Soudain, elle était sur quatre pieds, au ras du sol, se précipitant à travers les arbres, s'élançant vers le ciel, et plongeant au sol. Des parfums riches emplissaient ses narines, le sang battait dans ses veines.

Une louve. Elle était... une louve qui courait à travers les bois et explorait son territoire en ressentant le lien avec la terre sous ses pieds et l'air qui caressait sa fourrure.

C'était étonnant. C'était incroyable, et pourtant, c'était dans l'ordre des choses.

Elle s'arrêta, les quatre pattes fermement plantées au sol alors que la roche fragile en dessous s'enfonçait dans ses coussinets. Elle se tenait sur la crête d'une montagne, dominant la vallée. Timberwolf Lodge était au bord des eaux bleu éclatant du lac. Sa terre – leur terre.

Leur maison.

— Comment ? demanda-t-elle d'une voix rouillée et la gorge sèche comme si elle n'avait pas parlé depuis des années.

— Certains humains peuvent se connecter. Tu ne peux pas changer physiquement. Il n'y a aucun virus ou quoi que ce soit qui puisse affecter ton corps et faire de toi un métamorphe. Mais tu as le loup en toi. Tu dois apprendre à le laisser sortir.

Cassidy ouvrit les yeux. Elle se tenait là, à leur point de départ, sous un arbre massif. Ses paumes étaient pressées contre le torse ferme de Jace qui avait passé ses bras autour de ses épaules, et la serrait contre lui.

— C'est à cause de toi ? demanda-t-elle.

Il eut l'air réticent, mais finit par répondre :

— C'est à cause de nous. Je suis un catalyseur, mais toi aussi. En nous réunissant, la magie opère.

— Moi et n'importe quel loup Alpha ?

Il la regarda avec admiration.

— Tu es tellement intelligente. Non.

Elle réfléchit à tout ce qu'il avait dit, entre les conversations de ce matin et les sensations qu'elle avait éprouvées pendant que Del était là. Toutes ces pensées tourbillonnaient alors qu'elle additionnait le tout.

— Tu es un Alpha. C'est ce que toi et Blue avez dit : que tu devais être Alpha au lieu de Del.

— Et je le serai. Je dois trouver un moyen de le faire sans avoir à mettre Del six pieds sous terre. Ce n'est pas un méchant, c'est juste...

Elle fit une grimace.

— Il est sur ton chemin.

— C'est ça, dit-il en lui caressant la joue. Toi et moi sommes tous les deux ici parce que ma tante a décidé de changer le cours des évènements à Timberwolf Lodge. Nous avons beaucoup de choses à accomplir, et à chaque étape, il y aura des choix à faire. Mais voici une chose que je peux te garantir : j'ai fait mon choix, et c'est de faire le nécessaire. Non seulement pour la meute, mais pour toi. Je suis là pour rester.

Un lent tremblement parcourut le corps de Jace, comme s'il se contrôlait. Tant d'informations, la plupart incroyables, et pourtant tout se liait comme dans une boucle qui se refermait en la mêlant à lui.

À Jace.

Cassidy recula à contrecœur.

— Cette chose – cette chose incroyable – ne va pas disparaître, n'est-ce pas ?

Il secoua la tête.

Elle prit une profonde inspiration.

— Alors, même si j'ai envie de foncer et de tout expérimenter, ralentissons. Passons à la suite, parce que tu as raison. Il y a beaucoup de choses à accomplir. Mais j'ai besoin que tu me guides pour que je ne commette pas de maladresse avec la meute, ou sur ce qui doit arriver à Del. Parce que je suis d'accord : je préférerais vraiment qu'il ne meure pas.

— Je vais m'y efforcer, promit Jace.

Il fit un geste vers la maison et ils repartirent dans un silence amical. Ce qui était bien, car son cerveau était tellement plein qu'elle n'aurait pas pu y insérer la moindre chose.

Jace se dirigea vers l'atelier et Cassidy entra seule dans la maison.

Elle trouva Stephanie à l'étage en train d'installer l'ordinateur.

— Je pensais qu'il n'y avait pas de réseau ?

— Blue a grimpé sur le toit et a fait quelque chose, et maintenant nous avons le satellite, et donc Internet, expliqua Stephanie en remuant ses doigts. Tadam : la magie !

— Ils ne parlaient pas de ce genre de magie.

— C'est tout aussi bien, insista Stephanie. Stacy sera en ligne dans une minute. Elle va devenir dingue quand elle saura pour les métamorphes.

C'était une bonne nouvelle, mais sa meilleure amie semblait inquiète. Cassidy posa une main sur son épaule.

— J'ai aussi des choses à te dire, mais je peux déjà commencer par ça : je pense... Non. Je suis certaine que les choses vont bien se passer.

Moins d'une minute plus tard, elles étaient pressées devant l'écran. De l'autre côté, Stacy agitait les doigts. Ses cheveux étaient tirés en une queue de cheval, et on voyait des ombres sous ses yeux.

— Bonjour, sœurette. Tu tiens le coup ? demanda Stephanie en posant son menton dans ses mains. On dirait qu'un des enfants s'est réveillé en plein milieu de la nuit.

Stacy hocha la tête puis s'interrompit pour couvrir un bâillement.

— Désolée. Ouais, je me suis levée pour voir les enfants, et Ace avait disparu. Il a fait un cauchemar et est parti se coucher avec Colt. Quand je les ai trouvés, Colt était...

Stacy ne dit plus rien et se contenta de remuer les

doigts, mais elles savaient qu'elle voulait dire que Colt s'était transformé en loup. Ses petits frères le savaient. Blaze et Ace trouvaient extrêmement réconfortant de câliner Colt quand il était sous sa forme poilue.

Ça allait être une conversation capitale, réalisa soudain Cassidy.

Stacy sourit, repoussant quelques mèches échappées de sa queue de cheval.

— Ils sont calmes maintenant et sont occupés à regarder la télé. Parlez-moi du pavillon. Est-ce que ça va fonctionner ? On est excitées ?

Stephanie et Cassidy échangèrent des regards puis se tournèrent vers l'écran.

Cass commença :

— On a un million de choses à te dire, mais oui, ça va fonctionner. Oui, on est très excitées.

Stephanie leva la main.

— Et la grande partie de ce million de choses devra attendre plus tard, mais ce que je dois te dire tout de suite, c'est que Colt n'est pas le seul à pouvoir se transformer en loup.

Sa sœur fronça les sourcils.

— Je m'en doutais. Mais comment en êtes-vous sûres ?

— Parce qu'il y a des loups à Timberwolf Lodge. On les a rencontrés. On l'a vu.

En voyant l'expression médusée de Stacy, Stephanie s'empressa d'ajouter :

— Tout va bien. Tout va même mieux que bien, parce que je pense que c'est exactement ce dont Colt a besoin. Il y a une meute ici – comme une famille – qui peut aussi faire ce qu'il fait.

L'expression de Stacy était empreinte de choc, d'émerveillement, et d'excitation...

— Nous leur avons parlé de Colt, poursuivit Stephanie en grimaçant.

Le visage de sa sœur devint livide.

— Steph. Comment as-tu pu ?

— C'était de ma faute.

Vrai ou pas, Cassidy en prit la responsabilité.

— Je sais que ça te semble effrayant, mais fais-moi confiance. S'il te plaît. Tu sais que j'aime Colt et que je ne ferais jamais rien qui puisse lui nuire. C'est une bonne chose. Je te le promets.

Stacy posa ses mains sur ses joues et ferma les yeux.

— Je te fais confiance. Mais je suis morte de trouille et je n'ai pas peur de l'avouer. Je ne pourrais pas supporter que...

— Il ne lui arrivera rien, je le jure.

Après toutes les choses merveilleuses que Cassidy avait vécues durant ces dernières heures, cela ne pouvait être que vrai.

— On a rencontré de gens bien. Et vous aurez un endroit stable où vivre. Toi et les garçons, affirma Cassidy avec conviction.

Elle le pensait du plus profond d'elle.

Maintenant, il fallait réussir.

Durant le reste de la journée, et les deux jours qui suivirent, Jace resta délibérément à l'écart.

Blue et Stephanie avaient dressé une liste de corvées difficiles à accomplir, et Jace pensait que travailler dur et rester loin de Cassidy était le seul moyen de donner à la jeune femme le temps et l'espace dont elle avait besoin pour assimiler toutes ces informations.

Ainsi, au lieu de la suivre partout comme un chiot

haletant, il arracha les lattes de bois pourries, coupa du bois, rempli le hangar à bois, nettoya les gouttières et lava l'extérieur des chalets au karcher afin de les vernir. Il s'occupa du pick-up de son cousin Pete et s'arrangea pour faire transporter son propre véhicule en ville.

Dans les moments de repos, il se connectait par Internet à son entreprise et gérait les choses à distance. Il avait des employés capables à qui il pouvait déléguer ses tâches afin que tout puisse fonctionner, même pendant son absence.

Avoir échangé sa salle de réunion contre un marteau et des clous n'aurait pas pu le rendre plus heureux : c'était un travail honnête et enrichissant, car il travaillait pour rendre Cassidy heureuse.

C'était étonnant de voir les transformations rapides. Il y avait également beaucoup à faire à l'intérieur, mais il appréciait grandement le travail en plein air. À cette époque de l'année, il faisait suffisamment frais le matin et le soir pour commencer tôt et finir tard.

Au déjeuner du troisième jour de son jeûne auto-imposé de Cassidy, Stephanie vint le rejoindre avec un grand verre de limonade.

— Puisque tu refuses de venir au pavillon, j'ai reçu l'ordre de t'hydrater.

Jace ne put s'empêcher de lancer un rapide regard vers la maison.

— Merci.

— Tu n'as pas à nous éviter, ni nous ni elle. Cassidy m'a parlé de votre « course de loups ». Ça parait incroyable.

Elle croisa les bras et attendit que Jace vide son verre. Quand il la regarda à nouveau, elle parla doucement, comme pour partager un secret :

— Est-ce que tu l'évites parce que tu es mal à l'aise ?

— Je l'évite parce que ce que j'aimerais faire implique de passer du temps nu avec elle, pas de réparer la maison.

Il referma alors la bouche, irrité de ne pas avoir pu empêcher ces paroles.

Stephanie sourit.

— Tu vois ? Je savais que tu étais capable de le dire. Je sais aussi que Cassidy ne serait pas opposée au temps nu. Mais ne le faites pas dans la cuisine. Je suis toujours traumatisée par Marvin.

Elle lui prit le verre vide des mains et s'éloigna en sifflotant joyeusement.

Jace secoua la tête. Lui qui croyait Blue unique en son genre, de toute évidence, Stephanie l'était tout autant.

Le lendemain, Jace enfonçait les derniers clous sur le toit du chalet 7. Marvin sortit une chaise de jardin et la disposa stratégiquement afin de pouvoir le regarder faire.

— Tu as oublié un coin.

Sans cesser ses coups de marteau de la main droite, Jace lui fit un doigt d'honneur avec la main gauche.

Marvin sirota sa bière en lui souriant.

— Tu fais du bon travail, pour un loup.

— Étant donné que je ne t'ai jamais vu travailler, je ne sais pas si tu as la moindre idée de ce que ce mot signifie.

— J'ai travaillé dans le passé. Même du travail manuel. Je ne recommande pas, rétorqua Marvin avant d'incliner la tête sur le côté. Est-ce que cet endroit va être rempli de clients ?

— À un moment donné, oui. C'est le plan.

Marvin poussa un soupir.

— Ça ne pouvait pas rester éternellement un paradis. Dis à cette mini-Amazone qu'en cas de besoin je veux bien lui donner un coup de main.

— Vraiment ? demanda Jace choqué. Qu'est-ce que tu ferais ? Servir des hors-d'œuvre ?

— Garder les enfants, répondit Marvin en fixant Jace sous ses sourcils broussailleux. Et avant que tu t'imagines des choses horribles, j'ai été examiné par la GRC et j'ai les documents prouvant que je n'ai pas de casier judiciaire. De plus, je suis diplômé en développement de la petite enfance.

Sur ce, Marvin renifla et s'adossa au dossier de sa chaise en baissant son chapeau pour couvrir son visage. Il venait tout juste de démontrer qu'il était pratiquement impossible de juger quelqu'un en se basant sur les apparences.

Jace nettoya ses outils et se dirigea vers le chalet où Blue et lui logeaient. Sans même prendre le temps de se doucher, il alla droit au frigo, en sortit un thé glacé et le but. Puis il s'installa sous le porche et ferma les yeux pendant quelques minutes. Se lever tôt et se coucher tard l'empêchait de réfléchir, mais c'était fatiguant. Par ailleurs, l'activité physique, lui avait permis de perdre toute la graisse accumulée dans les salles de réunion en vivant dans un monde majoritairement humain.

Sans parler de ses courses nocturnes à travers les arbres, même si pendant celles-ci, son loup semblait un peu trop désireux de chasser.

Si je ne peux pas planter mes dents dans Cassidy, j'ai besoin de quelque chose de savoureux tous les soirs.

— Tu as une sale tête.

Les planches du porche craquèrent légèrement tandis que Blue montait les marches et prenait la chaise près de lui.

— Si tu ne peux pas dire quelque chose de gentil...

Blue ricana en levant son verre d'eau pour porter un toast moqueur.

— Ma mère a été furieuse le jour où tu as changé la fin de ce dicton de Disney en quelque chose de merveilleusement vulgaire.

— Hé, « mange ta merde et crève » n'est pas si vulgaire, protesta Jace.

— Tu envisages de l'enseigner aux enfants de Stacy ?

Mince.

— Bien vu, rétorqua Jace en regardant Blue. Où trouves-tu ces vêtements ? À l'armée du salut ?

Blue baissa les yeux sur son short jaune fluo et son T-shirt violet pâle.

— Ce sont les couleurs de l'équipe scolaire.

— De l'Académie Dégueli ? grimaça Jace. On a fréquenté la même école, et on n'avait pas ces couleurs.

Blue leva le nez.

— Je n'ai jamais dit de quelle école il s'agissait. Mais parlons d'un sujet bien plus important que mes vêtements à couper le souffle : qu'est-ce que tu fous, putain ?

Surpris, Jace ouvrit les deux yeux et accorda toute son attention à son cousin.

— Tu viens de m'injurier ?

— Probablement. Plus que probablement. Certainement même.

— Tu veux mourir ?

Bleu renifla.

— Comme si tu pouvais. Non, je suis vraiment curieux. Parce que je sais que je suis comme une lente péniche assez spéciale en route vers l'amour et une vie heureuse avec ma compagne. Mais c'est parce que la situation l'exige. Parce que je suis perspicace et ultra-sensible.

— C'est adorable.

Mon Dieu, quel clown son cousin.

— Toi, par contre, continua Blue, tu n'es pas connu pour

être un grand patient, et pourtant tu restes assis à tourner les pouces au lieu de t'accoupler. Ce qui me fait te poser la question : qu'est-ce qui se passe, bon sang ?

— La patience est une vertu.

— Tu veux plutôt dire la procrastination.

Jace se surprit à compter, avant de répondre :

— Abruti.

— Je pense que tu devrais faire quelque chose pour réduire ton niveau de frustration, rétorqua son cousin en souriant. Parce que partager un chalet avec toi, c'est comme être colocataire avec un ratel. Tu es flippant à tourner en rond et à rester éveillé toute la nuit.

— Tu penses vraiment que je devrais agir ? Et pas seulement parce que je perturbe ton sommeil réparateur.

— Oui, dit Blue dans une rare démonstration d'impatience avant de reprendre sa position affalée et insouciante. Non pas que j'aie eu des prémonitions inquiétantes ou une vision précise, mais je pense qu'il vaut mieux agir le plus tôt possible. Je ne saurais dire pourquoi, mais s'il te plaît, fais-le. Libère le Kraken.

Jace conserva une expression indéchiffrable.

— Je ne savais pas que tu connaissais le surnom de ma queue.

Blue lui jeta son eau à la figure et se leva en secouant la tête et en feignant le dégoût.

— Et sur ce, je retourne à la maison. Stephanie et moi arrachons le papier peint des chambres d'amis deux et trois. Je ne serai pas là avant le dîner. 18 heures au pavillon. Tu es attendu. Il y a du ragoût et Steph a fait du pain ce matin.

Tandis que son cousin s'éloignait, Jace repensa à sa conversation avec Cassidy quelques jours auparavant, quand il lui avait expliqué que lorsqu'un Omega vous disait de sauter, il fallait s'exécuter sans tarder.

Il partit donc à la recherche de sa compagne.

12

Grincheuse au possible, Cassidy enfonça la fourche dans le sol et arracha un autre tas de mauvaises herbes.

— Mais bien sûr ! Dis-moi que ton loup est un tout puissant Alpha, puis pars te cacher pendant une foutue semaine.

Elle saisit l'herbe arrachée et la jeta dans le seau avec beaucoup trop de vigueur. Des pensées moroses tournaient en boucle dans sa tête alors qu'elle continuait de retourner la terre.

Son téléphone sonna dans sa poche arrière. Blue avait branché Internet dans tout le pavillon, ce qui était à la fois une bénédiction et une malédiction. Elle détestait être constamment appelée, mais elle vérifia tout de même que ce ne soit pas Stacy qui aurait besoin de quelque chose pendant qu'elle effectuait ses derniers préparatifs.

C'était un e-mail du Clan Jasper.

Cassidy Rundle, Stephanie Nix.

Compte tenu des liens entre la meute Jasper et les précédents propriétaires de Timberwolf Lodge, j'ai pensé qu'il valait mieux le faire officiellement.

Vous êtes invitées à vous joindre à la meute durant le pique-nique de dimanche. Nous nous rassemblerons au Ridge Fairgrounds à partir de 14 heures. Il s'agit d'un rassemblement familial jusqu'à environ 20 heures, puis ça sera réservé aux adultes. En tant qu'invitées, vous n'avez pas à apporter quoi que ce soit, mais c'est un buffet collectif.

Nous vous demanderons par contre de respecter la règle et de ne pas apporter d'appareil photo. Si vous devez absolument apporter votre téléphone, je serai disponible pour le garder en sécurité.

Des enfants seront présents. Je pense que vous conviendrez que leur protection est notre priorité absolue.

Huckleberry Carter peut vous amener et vous ramener.
Au plaisir de vous voir toutes les deux.
Delaney.

Une grande partie de sa colère s'évanouit en pensant à cet événement. La simple idée d'autres loups et métamorphes...

En songeant à Stacy et Colt, elle en était presque étourdie d'excitation.

— C'est une expression plus heureuse que celle que tu arborais il y a quelques minutes.

Elle releva la tête et glissa son téléphone dans sa poche arrière. Jace la domina pendant une seconde avant de s'accroupir à ses côtés, le jean poussiéreux, les doigts pleins de terre et une trainée de boue lui barrant le nez.

Même sale, il était appétissant, et cette pensée l'énerva.

Reste calme et détendue.

— Invitation au pique-nique de dimanche.

— Ah.

Jace hocha la tête puis changea de position avant de commencer à arracher les mauvaises herbes.

— Ce n'est pas rien. C'est une étape positive, étant donné que vous vivez maintenant ici.

— Je pense à Colt, admit-elle. C'est un très gentil garçon, mais il s'est toujours senti différent... ce qui est le cas. Je pense que ça sera bien pour lui.

Jace resta silencieux pendant une minute, utilisant la fourche en position agenouillée et préparant la section suivante du parterre de fleurs sans même transpirer.

— Tous les enfants ont besoin de se sentir à leur place. Non, oublie ça : tout le monde a besoin de se sentir à sa place, se corrigea-t-il en la regardant.

Cassidy se balança sur ses talons, les genoux reposant sur la terre fraîchement retournée.

— Qu'est-ce que tu insinues ?

— Tu as dit que vous deviez absolument réussir, dit-il avec nonchalance. Timberwolf, le déménagement à Jasper, le fait que tu aies brûlé les ponts... On dirait que vous n'étiez pas au bon endroit.

En plein dans le mille. Elle en fut encore plus irritée.

— Pourquoi crois-tu savoir de quoi j'ai besoin ? demanda Cassidy. Je ne dis pas que tu as tort, mais je ne sais pas si j'ai envie de discuter avec toi après que tu as disparu plusieurs jours. Tu m'entraînes dans un tour de magie mystique de loup-garou, puis tu disparais au lieu de répondre à mes questions. Je te vois de l'autre côté de la cour en train de couper du bois, avec juste un jean et tes muscles sexy et moites, et je n'arrive pas à dormir la nuit parce qu'à chaque fois que je ferme les yeux, tout ce que je vois, c'est toi, et j'en ai mal.

Merde. Cassidy aurait voulu se couvrir la bouche, mais il était trop tard.

Jace était accroupi à côté d'elle, le regard affamé et ce sourire arrogant sur le visage qui lui creusait les fossettes. Elle n'en pouvait plus. Quel abruti.

Elle pressa ses deux mains sur son torse et le poussa de toutes ses forces. Mais l'instant où elle le toucha, le monde bascula : ce n'était pas lui qui s'éloignait d'elle, mais elle qui bougeait avec lui, planant dans les airs pendant une fraction de seconde avant d'atterrir doucement sur le dos, avec lui au-dessus d'elle.

Des bras musclés étaient plantés de chaque côté de sa tête et des cuisses puissantes enserraient ses genoux, la clouant au sol. Jace s'abaissa et pressa son entrejambe contre la sienne.

Son torse se soulevait à un rythme instable. Ses yeux bleu nuit brillaient d'une couleur argentée. Ses narines se dilatèrent pendant une seconde, et il ferma les yeux comme pour savourer son odeur.

— Ce n'est pas ce que j'avais prévu, murmura-t-elle, comme par peur que tout s'arrête et disparaisse.

Elle ne comprenait peut-être pas ce qui se passait, mais elle ne voulait pas que cela s'arrête.

— Cassidy ?

Mon Dieu, sa voix... comme un vibromasseur en velours entre ses jambes.

— Oui ?

Il s'abaissa d'un autre centimètre, les lèvres encore plus proches, le regard fixé sur le sien.

— J'en ai mal aussi.

Puis il l'embrassa.

~

Cela allait beaucoup trop vite après un si long blocage. Le simple fait de la toucher et d'être au-dessus d'elle suffisait à rendre son loup fou.

Son parfum l'emplissait, et le fait de savoir qu'elle avait tout autant envie de lui adoucissait la douleur des jours passés.

Comment résister dans ces conditions ?

Jace lui mordilla la lèvre et se délecta du halètement provoqué. Il plongea et la consuma, se régalant d'elle et capturant chaque gémissement, tandis qu'elle répondait avec la même fougue passionnée.

Quand elle planta ses ongles dans son dos, toute sa colonne vertébrale vibra de plaisir. Lorsqu'elle les racla plus bas et le griffa, Jace faillit la déshabiller sur-le-champ et la prendre.

Mais la petite touche de civilisation qui persistait dans son cerveau lui disait qu'il y avait une meilleure solution. Une seconde plus tard, il la soulevait dans ses bras, et se dirigeait vers son chalet.

Alors qu'il la posait sur le sol de la salle de bain, Cassidy fit voler ses boutons dans les airs en ouvrant sa chemise d'un geste brusque. Jace lui rendit la pareille en saisissant son T-shirt pour le passer par-dessus la tête.

— Tu en as envie ? Tu as envie de moi ? demanda-t-il.

Elle était en train de défaire son jean, mais elle s'arrêta pour le regarder droit dans les yeux.

— Oui. J'ai envie de toi.

Il l'attrapa par la taille et la souleva sur le plan vasque

avant de prendre ses seins en coupe. Un instant plus tard, son soutien-gorge de sport fut mis en pièce, laissant accès à ses seins aux pointes roses qu'il dévora et taquina de sa langue.

Cassidy passa ses doigts dans ses cheveux courts et le tira vers elle.

— Plus, supplia-t-elle.

Les doigts sales de Cassidy laissaient des traces sur ses biceps. Ceux de Jace en faisaient autant sur ses seins. Ils devaient prendre une douche, mais d'abord…

— Accroche-toi à mes épaules, ordonna-t-il avant de la soulever le temps de lui retirer son short et sa culotte d'un mouvement fluide.

Il la reposa à nouveau sur le plan vasque et lui écarta les jambes avant de couvrir son sexe de sa bouche. Son goût l'enivra, enflammant ses sens et le déchaîna. C'était ce qu'il avait attendu toute sa vie : être avec elle, se donner à elle.

Et lui faire crier son nom.

ELLE ÉTAIT SALE, couverte de poussière et de sueur, et lui aussi. La douche se trouvait à portée de main, et ils auraient pu se laver avant de faire l'amour sur un bon matelas.

Mais Jace ne se souciait manifestement pas de faire les choses à la manière classique. À la place, il s'efforçait de lui faire perdre la tête, assise sur le lavabo et les jambes écartées alors qu'il prenait le contrôle de son plaisir par ses caresses et ses coups de langue, là où elle en avait besoin.

Soudain il concentra ses yeux bleus et fascinants sur les siens en ralentissant les mouvements de sa langue. En voyant son sourire taquin, elle appuya ses bras tremblants sur le lavabo.

— Tu vas jouir pour moi, l'informa-t-il. Et je vais en lécher chaque goutte. Tu es tellement délicieuse.

Regarder les mouvements de sa langue rendait les sensations encore plus vives et intenses. Cassidy avait le choix entre fermer les yeux et faire durer cela, ou continuer à le regarder et laisser l'orgasme déferler en elle en quelques secondes.

Il leva à nouveau les yeux, mais cette fois avec une expression sérieuse.

— Lâche-toi, bébé. Je serai là pour te rattraper.

Puis la lenteur disparut, et il la fit remonter vers les cimes, prenant d'assaut le château fort, et la poussant si fort et avec une telle fièvre qu'elle ne se contenta pas de s'enflammer : elle implosa. Le plaisir s'étendit de son sexe jusqu'aux extrémités de ses membres alors qu'elle gémissait son nom.

Une seconde plus tard, il la mit sous la douche, ses mains savonneuses s'activant sur elle pour la laver de la tête aux pieds. Il toucha toutes les zones érogènes qu'elle connaissait et en inventa de nouvelles. La saleté et la sueur de leurs corps se mêlèrent et tourbillonnèrent dans la canalisation alors que Cassidy frémissait à nouveau.

Il utilisa ses doigts pour la soulager, l'ouvrant alors qu'il la regardait avec révérence. N'en pouvant plus, Cassidy posa ses mains sur ses épaules et tenta de lui grimper dessus.

— Maintenant. Maintenant, supplia-t-elle.

Heureusement qu'elle prenait la pilule, car bon sang, elle n'aurait pas été capable de trouver un préservatif en ce moment.

L'instant d'après, elle fut soulevée et elle enroula ses jambes autour de lui. Puis il la pressa contre le mur de la douche, son sexe glissant plusieurs fois contre son clitoris, jusqu'à ce qu'elle soit sur le point de crier.

Finalement, il s'enfonça en elle, la faisant gémir de satisfaction.

Il poussa un grognement.

Elle rit.

Pressés contre le mur, ils se regardèrent, amusés.

— Tu es prête ?

Lorsqu'elle hocha la tête, la passion revint en force. Cassidy se cramponna à lui, consumée par le feu qu'il allumait en elle. Chaque coup de reins faisait tinter des cloches en elle, jusqu'à ce que son corps tout entier soit un feu d'artifice prêt à exploser.

Contre son oreille, les halètements de Jace se firent plus intenses. La fermeté de ses muscles sous ses doigts la faisait penser à du titane.

Elle cria quand un autre torrent de plaisir se déchaîna en elle. Son nom ? Un alléluia ? Elle était trop perdue dans l'orgasme pour le savoir. Les coups de reins de Jace se firent irréguliers, puis il poussa un juron avant de se figer au plus profond d'elle, enserré par ses parois intimes qui se contractaient sous le coup du plaisir.

Il s'immobilisa, Cassidy toujours dans ses bras alors que l'eau de la douche coulait sur eux, leurs respirations irrégulières et haletantes et leurs corps palpitants d'énergie.

Cassidy prit le visage de Jace dans ses mains et l'embrassa. Toujours intimement liés, leurs corps pressés l'un contre l'autre formaient un contraste érotique avec la douce caresse de leurs bouches.

Cinq minutes plus tard – peut-être plus – elle était à nouveau posée au sol. Jace se savonna les mains et la lava à nouveau. Douces cette fois, ses caresses étaient suivies de baisers jusqu'à ce qu'elle soit encore sur le point de perdre la tête.

Il la sécha, la porta dans son lit, puis la prit dans ses bras.

— On va rater le dîner, le prévint Cassidy.

— Non. On y sera à temps. On a le temps, dit-il en l'embrassant sur la tempe. Repose-toi. Tout le reste peut attendre.

Elle savoura les sensations persistantes. Le plaisir et la satisfaction valaient bien mieux que de ruminer seule.

Cassidy pressa son visage contre le creux du cou de Jace et ferma les yeux.

---

13

*A*ssis à table, une heure et demie plus tard, Jace savait qu'il était insupportable avec son cousin, mais il s'en fichait.

Stephanie ignorait peut-être ce que lui et Cassidy avaient fait cet après-midi, mais Blue le savait sans l'ombre d'un doute. Et même s'il avait encouragé Jace à passer à l'action, cela devait quand même être comme verser du citron sur une blessure, étant donné le plan lent dans lequel Blue était engagé.

Un sourire narquois ? Oui, c'était bien ce que Jace affichait.

— Encore un petit pain ? demanda-t-il en tenant le panier devant Cassidy. Tu dois reprendre des forces.

Elle le regarda puis leva les yeux au ciel, mais prit un pain avant de reprendre sa conversation avec Stephanie.

— Tu as parlé à Stacy cet après-midi ? Comment va-t-elle ?

— Elle était en train de faire ses valises, alors elle a posé son téléphone sur la commode de la chambre des enfants.

J'ai dû encourager numéro deux et numéro trois, pour qu'ils l'aident à mettre leurs vêtements dans des cartons.

— Ce qui veut dire que tu as passé beaucoup de temps à chanter la chanson du rangement, devina Cassidy.

Les yeux de Blue s'illuminèrent.

— Oh. J'adore cette chanson.

— Moi aussi, approuva Stephanie avec enthousiasme.

Elle et Blue inspirèrent profondément...

— Si vous vous mettez à chanter, je jure que je trouverai quelque chose que vous n'aimez pas manger et que je le servirai trois fois demain, les prévint Cassidy. Et ensuite tous les jours pendant une semaine.

Blue agita la main.

— Menace vaine. J'aime tout.

Stephanie, cependant, développa un intérêt soudain pour le plafond.

— Et si on parlait du pique-nique ?

Intrigué, Blue se tourna vers Cassidy. Celle-ci sourit triomphalement.

— J'ai une petite liste de points faibles concernant Steph que je peux utiliser pour la faire revenir à la raison.

— Tu es tellement méchante, se plaignit Stephanie avant de redevenir sérieuse. Mais sérieusement, le pique-nique ?

Jace n'était pas vraiment motivé pour en discuter, mais il comprenait que les filles aient besoin de plus amples détails. Cependant, vu ses rapports tendus avec Del, il y avait trop de variables pour qu'il se sente confiant.

— C'est un pique-nique classique, dit Jace aussi calmement que possible. Ce sont de bonnes personnes, pour la plupart. Et Del ne laissera rien vous arriver.

Cassidy haussa un sourcil.

— On dirait plutôt un discours pour encourager quelqu'un à foncer dans un guet-apens.

— C'est une question de circonstances, déclara Jace. Del n'est pas une mauvaise personne, mais il n'est pas là où il est censé être, d'après mon loup.

Blue repoussa son assiette vide et croisa le regard de Jace.

— Je serai avec elles. Je te promets qu'il ne leur arrivera rien sous ma surveillance.

— Des airelles, lança Stephanie en souriant.

Blue haussa les sourcils.

— C'est assez sucré pour être mangeable.

— S'il te plaît. Ne me fais pas vomir, se plaignit Jace.

Le reste de la soirée passa rapidement entre la vaisselle, quelques dernières tâches et le rassemblement près du feu pour planifier le lendemain.

Jace surprit le regard de Cassidy sur lui et s'approcha d'elle, passant une main sur son bras, autour de ses épaules et la serrant contre lui, parce que la toucher était si agréable.

Blue et Stephanie étaient assis d'un côté du feu, discutant de ce qu'ils voulaient apporter au buffet. Cassidy baissa la voix et pencha la tête vers Jace :

— Est-ce que tu es vraiment d'accord pour qu'on aille à ce truc ?

Il la regarda sans comprendre.

— Tu l'as dit toi-même : c'est très important, non seulement pour les liens avec Timberwolf Lodge, mais aussi pour le fils de ton amie.

Elle soutint son regard.

— C'est important. Mais toi et moi semblons commencer quelque chose, et je veux que tu saches que je suis consciente que tu prends sur toi pour me laisser y aller. Je ne comprends peut-être pas tout avec la communauté des loups, mais ça me semble être une grosse concession de nous laisser partir alors que tu n'es pas autorisé à y être. Et j'apprécie.

Sa déesse était intelligente, intuitive et tellement sexy qu'il allait perdre son sang-froid. Il se pencha plus près et déposa un doux baiser sur sa joue.

— Ça signifie énormément que tu me le dises. Oui, je lutte actuellement contre certains instincts de loup des cavernes, mais je suis aussi intéressé par ta vision de la meute.

— En tant qu'observateur humain ?

Oh, l'innocence de sa question. D'ici peu, elle serait à ses côtés, à la tête de la meute, et tous deux mettront leurs compétences en commun, au service de tous.

Quel plaisir cela serait d'arriver enfin à ce moment-là.

— Tu es plus qu'humaine. Ne l'oublie pas. Regarde ce qui te parait bien ou pas bien, et ce qui doit changer.

Elle hocha la tête pensivement.

— J'avais prévu de tout analyser, même sans ta suggestion, rétorqua-t-elle en lui souriant. J'ai apprécié cet après-midi.

— Moi aussi.

Elle posa une main sur sa cuisse et la serra légèrement.

— Je vais me coucher maintenant. Seule.

Elle n'était pas encore prête pour une relation à temps plein, et il le comprenait. Il n'était pas prêt non plus.

— Dors bien.

Elle disparut à l'intérieur, suivie par Stephanie peu après.

Lui et Blue étendirent leurs jambes et regardèrent le feu crépitant. Un calme s'installa tandis que les braises rouges brillaient et que les bûches se transformaient lentement en cendres.

— Bonne journée ? demanda Blue.

— Bonne journée, acquiesça Jace en souriant à son cousin. La meute Jasper ne sait pas ce qui les attend.

— Contrôle-toi et ne déclenche pas de guerre pendant que nous sommes au pique-nique, le prévint Blue.

Jace renifla.

— Je t'en prie. J'ai une certaine maîtrise de moi.

Blue lui lança un regard éloquent, mais ce fut suffisant.

Oui, mon cousin me connaît très bien, se dit Jace.

Dimanche, juste après le déjeuner, Blue et les filles montèrent dans le SUV et se rendirent au pique-nique. Jace les regarda partir en leur faisant des signes jusqu'à ce que le véhicule disparaisse derrière la colline.

Pas même dix secondes plus tard, il ôta ses vêtements et se transforma en loup, avant de se diriger vers les arbres.

Sa compagne allait quelque part sans lui ? Pas question. Ce n'était pas qu'il ne faisait pas confiance à Cassidy ou à Blue. Il voulait juste être certain que tout irait bien.

Absolument aucune maîtrise de lui-même, mais tant pis.

Jace s'élança.

Ce n'était un simple pique-nique, décida Cassidy, légèrement déçue. Un pique-nique avec beaucoup de races canines, mais à part cela, rien d'extraordinaire.

Des enfants rieurs sous forme humaine ou de loup couraient un peu partout, tandis que les adultes formaient de petits cercles et discutaient. Des adolescents se faisaient les yeux doux à la périphérie du rassemblement sous la surveillance des adultes. Il y avait des tables remplies de nourriture...

D'accord, il y avait deux fois plus de tables et trois fois

plus de nourriture que pour un pique-nique humain, mais un bon appétit signifiait probablement une meute en bonne santé.

— Ça vous va les filles si je fais le guide ? demanda Blue.

— Tu envisages de nous présenter aux personnes influentes ? devina Stephanie. Ça me va, mais j'aimerais aussi savoir s'il y a des professeurs ici. Stacy voulait que je discute avec eux pour préparer la rentrée prochaine.

— Bien sûr, rétorqua Blue en jetant un coup d'œil à l'assemblée, et en rendant de temps en temps des saluts avec la main. Je pense que vous allez rapidement être prises d'assaut par l'AML.

Cassidy haussa un sourcil.

— C'est quoi ?

— L'Association des Mamans Loups, expliqua Blue. Un peu comme l'APL, mais en beaucoup plus effrayant. Vous n'avez rien à craindre, mais elles sont assez protectrices.

— Comme toutes les mamans, rétorqua Stephanie en haussant les épaules. Je ne pense pas que tu sois déjà allée à une réunion de l'APL, sinon tu ne dirais jamais « plus effrayant ». Je t'assure qu'une Karen ou un Chad déchaîné peuvent être très impressionnants. Ecœurants, certes, mais impressionnants.

L'instant suivant, tous les yeux se braquèrent sur eux, tandis que Del s'avançait.

Cassidy devait admettre qu'il était aussi beau dans son jean délavé et son T-shirt bleu assorti à ses yeux que dans un costume coûteux.

Il lui tendit la main.

— Je suis content que tu aies pu venir.

Elle lui serra fermement la main puis jeta un regard ostensible sur l'assemblée.

— Vous être assez nombreux.

— La meute s'agrandit.

Il tourna son attention vers Stephanie, et une fois de plus, il y eut cette attention concentrée qui mit Cassidy mal à l'aise.

— Bonjour, Stephanie. Je me demandais si je pouvais...

Blue s'avança aussitôt et repoussa la main de Del de son torse.

— Bonjour, boss. Tu as demandé à ce qu'on te laisse ça, dit-il en brandissant les téléphones portables qu'il leur avait pris avant de quitter le parking.

— Ah oui.

À l'instant où Del prit les téléphones, Blue pivota et passa un bras autour des épaules de Stephanie pour la conduire vers le groupe de femmes le plus proche.

— Cassidy. Tu devrais venir aussi. Jamie a des enfants du même âge que ceux de Stacy. Viens lui dire bonjour.

— J'arrive, promit Cassidy.

Le regard de Del sur Stephanie était si intense que Cassidy positionna son corps de façon à lui couper la vue.

— Y a-t-il quelque chose dont je devrais être au courant ? demanda-t-elle.

Del cligna des yeux comme s'il était surpris de la trouver là.

— Quoi ? Oh, c'est juste qu'elle me semble familière.

— Tu es déjà allé à Toronto ?

— Non.

— Alors tu ne l'as jamais rencontrée, affirma Cassidy en croisant les bras sur sa poitrine.

Blue resta aux côtés de Stephanie, qui fut égale à elle-même en charmant toutes les femmes.

En face de Cassidy, l'Alpha de la meute inspira profondément. Puis ses yeux s'écarquillèrent et il l'examina plus attentivement.

— Mince. Ce salaud ne lambine pas.

— Pardon ?

Le pli entre les sourcils de Del se creusa, lui donnant plus l'aspect d'un loup que d'un homme d'affaires.

— Jace. Je peux le sentir sur toi.

Oh. Pouah.

— Je n'ai pas envie de discuter de ça. La vie privée est un concept très appréciable.

Del lui adressa un sourire sarcastique, et l'avocat suave réapparut.

— Ce n'est pas un concept pour lequel, nous les métamorphes, sommes très doués. Je suppose qu'il ne t'a pas prévenue que tout le monde ici serait au courant que vous avez baisé.

Une crise de colère n'était jamais une bonne chose. Cassidy le savait, mais son poing s'élança avant que son cerveau l'en empêche.

Del tenta de la bloquer, mais elle avait visé plus bas.

La seconde suivante, il se plia en deux en prenant son entrejambe en coupe.

— Merde, jura-t-elle en lui tapotant le dos. Je suis vraiment désolée. Je ne voulais pas faire ça. Enfin, si... parce que tu as été terriblement impoli, mais je n'aurais pas dû le faire, tout comme tu n'aurais pas dû être impoli.

Quand Del se redressa, ses yeux bleus avaient pris une nuance rougeâtre.

— Tu es incroyable.

Ce n'était pas la réaction à laquelle elle s'attendait.

— Merci ? émit-elle, incertaine.

Il grimaça avant de lui indiquer une table et des chaises à proximité.

— Assieds-toi avec moi et laisse-moi m'excuser.

Cassidy jeta un coup d'œil par-dessus son épaule. Blue

lui fit un geste du pouce et un clin d'œil, ce qui signifiait, soit qu'il n'avait pas vu ce qu'elle avait fait, soit que s'il l'avait vu, il avait totalement approuvé. Quoi qu'il en soit, elle lui rendit son geste, puis rejoignit Del à la table.

Celui-ci l'examina un instant avant de prendre la parole.

— Tu es du genre à apprécier le langage clair, n'est-ce pas ?

— Absolument.

Il continua à l'étudier, puis tourna son regard vers Stephanie.

— Tu as changé la dynamique des choses. Tu es forte et les loups apprécient le pouvoir. C'est très attirant.

Ce qui expliquerait le premier regard qu'elle avait ressenti de sa part

— Et ton obsession pour Stephanie ? Pourquoi penses-tu la connaître ?

— Les métamorphes loups ont des compagnons. Les plus chanceux ont des compagnons destinés : un niveau de connexion au-delà de tout. Ça les lie intérieurement et en fait un couple spectaculaire.

— C'est le mariage des loups ?

— En mieux. Quand je t'ai vue, j'ai voulu tenter ma chance parce que deux loups puissants forment une grande équipe.

Il jeta un coup d'œil à Stephanie et prit une profonde inspiration comme s'il essayait de respirer son odeur à distance.

— Elle n'est pas puissante, mais elle sent bon. Elle a la bonne odeur. J'essaie de savoir si elle est ma compagne destinée.

— Et si c'est le cas ? Tu vas la kidnapper et l'emmener dans ta grotte ?

Il eut l'air horrifié.

— S'il te plaît. Nous sommes des métamorphes, pas des psychopathes ou des êtres non civilisés. L'accouplement reste un choix pour les deux parties. Être des compagnons destinés signifie que nous serons attirés avec la même intensité, mais il n'en reste pas moins que je veux courtiser et séduire ma partenaire.

Dieu merci. Parce que l'espace d'une seconde, en entendant parler de compagnons destinés et en pensant à l'étrange attirance qu'elle avait pour Jace, Cassidy se demanda si elle ne se trouvait pas dans un monde parallèle.

— Alors avoir des relations sexuelles ne suffit pas pour faire de deux métamorphes des compagnons ? demanda-t-elle.

Del étira ses jambes en grimaçant, puis soupira profondément.

— Ce n'est pas une question de sexe. On peut être compagnons sans avoir de relations sexuelles, même si l'accouplement reste un plus. L'accouplement est un choix : une acceptation du cœur, de l'esprit et de l'âme.

— C'est plutôt mystique.

Del sourit.

— Nous sommes des métamorphes. Notre existence même est mystique, tu ne crois pas ?

— Certainement. Merci d'avoir pris le temps de m'expliquer.

— C'est un excellent endroit pour apprendre à connaître les métamorphes, puisque tu feras partie de la communauté, avec Timberwolf Lodge.

Del tourna soudain le regard et saisit une enfant riante qui se jetait sur lui pour la soulever au-dessus de sa tête. Elle fit un *pchhh*, et soudain, au lieu d'un bambin vêtu d'une robe d'été rose, Del tenait un loup qui se tortillait.

Le cœur de Cassidy s'emballa, mais Del s'esclaffa avec approbation et abaissa la petite pour lui tapoter le nez.

— Bravo, la félicita-t-il tout débarrassant la créature gigoteuse de l'étoffe rose. Où est ta maman ?

— Désolée, Del. Je ne voulais pas t'interrompre, dit une jeune femme en récupérant l'enfant. Viens ici, Dixie. Ton Alpha parle à quelqu'un.

— Tu ne m'interromps jamais, déclara Del en rendant l'enfant à sa mère. Sophie, je te présente Cassidy. Elle va rouvrir Timberwolf Lodge.

— Quelle nouvelle passionnante.

Le loup dans ses bras redevint une petite fille hurlante, et Sophie la positionna sur sa hanche.

— Ça fait si longtemps qu'on n'y est pas allés. Tante Rachel organisait les meilleures parties de baignade.

— Vous pouvez venir quand vous voulez, proposa Cassidy.

Frappée par une idée, elle sourit à Del.

— En fait, toute la meute est invitée. Que pensez-vous de mercredi soir ? Le lodge n'est pas complètement prêt, mais le lac est là et il y a beaucoup d'espace pour courir.

— J'adore nager, déclara Dixie.

— Ça me semble merveilleux. Merci, dit Sophie en leur souriant avant de s'éloigner avec sa petite fille.

Cassidy la regarda un moment avant de remarquer que Del l'observait attentivement.

— C'est OK que la meute vienne au lac ?

Del acquiesça lentement.

— Par contre, je serai pris mercredi. Je ne pourrai pas être des vôtres.

Oh...

— Tu n'es pas occupé. Tu ne veux pas venir si Jace est là.

— Comme je l'ai dit, puissante et intelligente. Tu es presque mon type de femme parfaite.

— Qu'est-ce qui me rendrait parfaite ?

Quand elle se leva, Del l'imita et lui prit la main avant d'y déposer un baiser.

— Puissante, intelligente, belle : ce sont des traits merveilleux, mais l'élément clé qui rendrait une femme parfaite est qu'elle soit mienne. Parce que ça signifierait que je suis censé moi aussi être à elle.

— C'est adorable, dit Cassidy avant de rire en le voyant faire la grimace. Mais si, je t'assure. J'espère que tu la trouveras un jour, mais je doute que ce soit Stephanie.

Del jeta un coup d'œil aux buissons voisins, et leva les yeux au ciel avant de lâcher sa main.

— Amuse-toi bien. On se verra plus tard, dit-il en s'éloignant pour rejoindre sa meute.

Un homme solide aux yeux hantés et au cœur romantique.

Cassidy attendit qu'il soit parti avant de se diriger vers les arbres, puis l'endroit où Jace l'attendait sous sa forme de loup. Elle s'agenouilla, passa ses bras autour de ses épaules, et pressa son front contre son loup.

— Je ne sais pas comment j'ai su que tu étais ici, mais je l'ai su.

Il lui lécha la joue, la faisant rire et détourner le visage alors qu'elle enfonçait ses doigts dans sa fourrure et grattait tous les endroits qu'il aimait. Toute cette histoire de loup était très étrange, mais quelque part, c'était comme rentrer à la maison.

Jace et elle étaient-ils destinés à devenir compagnons ?

Elle repoussa ses idées : l'ici et le maintenant, c'était la seule chose qui comptait.

14

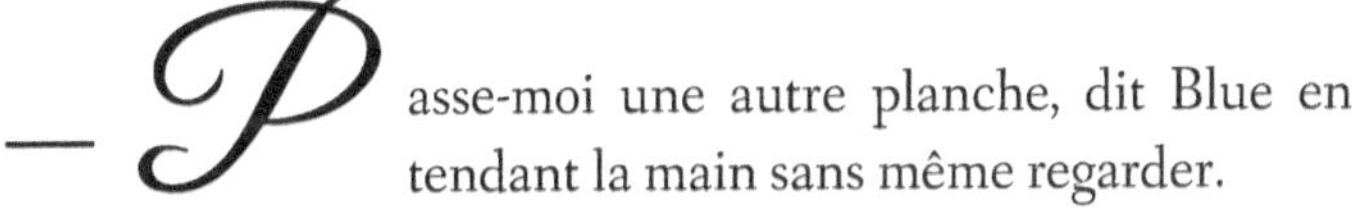

— *P*asse-moi une autre planche, dit Blue en tendant la main sans même regarder.

— Tu fais du bon boulot, émit Jace en admirant le nouveau quai.

Blue tendit de nouveau la main et ils reprirent leur rythme, avançant petit à petit sur les poutres nouvellement mises en place par Blue ce matin-là.

— C'est amusant de faire autre chose que des meubles, dit-il. Ce n'est pas ce que je m'attendais à construire cet été, mais ça fait du bien.

Jace ressentait la même chose. Une fois de plus, son regard se tourna vers Cassidy qui travaillait plus loin. Les changements avaient été inattendus, mais emplis de sens.

Il n'y avait plus rien à faire dans le pavillon avant l'arrivée des meubles. Et avec l'invitation de Cassidy pour une partie de baignade au lac d'ici vingt-quatre heures, les filles avaient dressé une liste de choses à faire pour rendre les espaces extérieurs aussi accueillants et sécurisés que possible.

De ce fait, Cassidy avait ordonné à Jace de réaménager le quai et le terrain de jeu : poncer les endroits rugueux, visser des supports et s'assurer que les éléments soient aussi résistants que possible pour des enfants-loups.

Lui et Blue avaient également passé du temps sur un projet secret, qui ferait certainement des heureux.

Cassidy et Steph plantaient des fleurs dans les plates-bandes surélevées près du brasero. Jace les avait découragées de planter quoi que ce soit de délicat à des endroits susceptibles d'être piétinés par de petits loups enthousiastes.

En voyant Cassidy s'activer avec efficacité, un sourire lui barra le visage. Il aurait voulu la rejoindre et l'emmener dans un endroit privé.

— Tu rêvasses, lui dit Blue avec un sourire narquois.

— Tu as conscience que je suis plus fort que toi ?

— C'était une simple constatation, rétorqua Blue en jetant un coup d'œil aux planches déjà clouées. Beau travail, si je peux me permettre.

— Ton problème ne vient pas de tes compétences en bricolage.

— J'ai des problèmes ? dit Blue en faisant mine de réfléchir. Non, je ne pense pas.

— Ne me tente pas, rétorqua Jace en regardant à nouveau les filles.

C'était plus fort que lui.

— Ce n'est pas moi qui te tente, fit remarquer Blue en s'approchant de lui. C'est une bonne chose que la meute soit invitée. Ça permettra à tous de savoir que Cassidy en fait partie. Mais tu ne peux pas éternellement retarder le moment de défier Del.

— Je sais.

Non seulement parce que c'était une erreur de garder

Timberwolf Lodge et Cassidy dans l'incertitude, mais aussi parce que le loup de Jace commençait à s'impatienter. Il fallait rétablir l'équilibre, et vite.

— Je pense que tu devrais profiter de la fête, continua Blue d'un ton plat qui attira l'attention de Jace. C'est juste une intuition, mais je pense que mercredi sera une journée importante.

Dieu merci pour les super sens Omega.

— Mon loup appréciera de retrouver la meute. Tout le monde m'a manqué, admit Jace.

— Évidemment. Tu es un loup. Je sais que tu n'es pas toujours le loup le plus intelligent, mais il y a même une place pour les idiots musclés, puissants et adorables comme toi.

Jace observa un instant son cousin.

— Je ne sais pas si tu m'as autant manqué que ça, finalement.

Blue sourit, puis son expression devint sérieuse.

— Je sais qu'entre toi et Del, il reste cette histoire d'Alpha à régler, mais pourquoi est-ce qu'il se comporte ainsi avec les filles ?

Jace y avait déjà réfléchi.

— Cassidy est puissante. N'importe quel loup Alpha sera attiré par ça. Et pour ce qui est de Stephanie, je ne sais pas, mais il la renifle.

— S'il la renifle de plus près, je vais finir par lui planter mon poing dans le nez.

Blue ramassa son marteau et le fit tourner en équilibre sur le bout d'un doigt, comme un joueur de basket l'aurait fait avec une balle.

— Est-ce que je viens d'entendre mon cousin pacifiste Omega menacer l'Alpha de la meute ?

— Aucun loup n'est vraiment pacifiste. Et nous parlons

de ma compagne, même si je ne la revendique pas pour le moment. Del n'a pas intérêt à faire un faux pas.

Il se retourna à la vitesse de l'éclair, et bras lancé en avant, envoya le marteau se planter avec un bruit sourd dans la chaise Adirondack près du feu.

Le loup de Jace approuva chaleureusement ce sentiment sanguinaire.

— Je serai à tes côtés, si nécessaire.

Blue désigna le paysage d'un grand geste de la main :

— Après toi, Alpha.

Jace s'approcha de la chaise pour prendre le marteau, mais il fallut forcer un peu pour le sortir, car il s'était profondément enfoncé. Oui, c'était toujours bien d'avoir à ses côtés des personnes que l'on connaissait et en qui on avait confiance.

Il alla rejoindre Cassidy.

— Ce n'est pas trop mal, dit-il.

Elle se leva et passa un bras autour de sa taille afin d'admirer leur travail. Jace se sentit réchauffé de l'intérieur.

— J'aime bien le mélange des couleurs. Mais merci de m'avoir rappelé qu'il y aura un peu plus de pieds qui courront que ce que j'avais prévu.

Jace passa son bras autour de ses épaules, savourant d'autant plus le contact qu'elle l'avait initié.

— Ça va être une belle fête. Merci de m'avoir invité.

Elle se serra contre lui et passa ses bras autour de son torse.

— Del s'est arrangé pour ne pas être là. Mais ça ne fait pas disparaître le problème, n'est-ce pas ?

Il secoua la tête.

— Blue me rappelait qu'il y aura bientôt une confrontation. Mais pas aujourd'hui ni demain. Alors profitons-en pour mieux connaître la meute et permettre à Timberwolf Lodge de revivre.

~

MERCREDI, à l'aube, le temps était clair et beau. Une journée de juin parfaite.

Cassidy se tenait devant la fenêtre de sa chambre, et regardait la forêt d'un vert éclatant et le soleil brillant en s'interrogeant sur la sensation qui montait en elle.

De l'anticipation ? Non, quelque chose de plus grand, comme si elle était une fleur sortant de la terre chauffée par le soleil et sur le point de fleurir.

Stephanie poussa la porte de la chambre et passa la tête.

— La fête commence, chica. Je vais faire les gaufres, et tu prépares le café.

C'était si bon de les avoir tous les trois dans la cuisine pour préparer le petit déjeuner. C'était étrange de penser que cela faisait à peine deux semaines qu'elles étaient arrivées, et que depuis, Stephanie et Blue étaient tombés dans une routine plaisante, bavardant comme des pies tout en préparant le petit déjeuner.

Blue faisait frire du bacon – une mission sérieuse avait appris Cassidy – qui impliquait plusieurs poêles en fonte et environ deux kilos de porc. Stephanie avait fait des piles de gaufres.

Comme demandé, Cassidy s'occupa du café, car il s'avérait qu'elle était la seule à pouvoir faire fonctionner l'ancienne cafetière.

Et Jace...

Elle se retourna pour regarder ce qu'il faisait.

— Ce sont des fraises ?

C'était les plus petits fruits rouges qu'elle ait jamais vus, et à en croire le son d'approbation de Blue, sa supposition était juste.

— Mince alors, tu en as trouvé beaucoup, dit celui-ci, le regard brillant.

— Ne pense même pas à essayer de trouver mon coin secret, le prévint Jace qui s'activait avec diligence pour retirer les petits bonnets verts.

Il choisit alors une des baies qui n'était pas plus grosse qu'un petit ongle.

— Viens par ici.

Cassidy s'avança, la main tendue, mais Jace secoua la tête et s'approcha pour poser une main au creux de ses reins et la serrer contre lui alors qu'il portait la fraise à ses lèvres.

— Ouvre.

Quand il posa le fruit sur sa langue, elle referma ses lèvres autour de son doigt et lécha le jus sucré. Les pupilles de Jace se dilatèrent et un éclair de chaleur la parcourut alors que la saveur éclatait dans sa bouche.

— Oh, mon Dieu.

Le regard de Jace se posa sur ses lèvres.

— Fraises des bois. Tout ce qui est sauvage est bien meilleur.

Comme son loup sauvage ? Cassidy en revoulait.

Ils n'avaient pas encore réitéré leur incroyable expérience sexuelle, et d'une certaine manière, il semblait juste de ne pas se précipiter. Mais le désir était là, et la conversation qu'elle avait eue avec Del ne cessait de se répéter dans sa tête.

Est-ce que Jace et elle étaient compagnons ? Et toute cette histoire de lien entre loups ? Comment savoir si c'était la bonne décision, et qu'est-ce que cela impliquerait par rapport à la meute ?

Les questions la suivirent même après le petit déjeuner

et tout au long de la journée alors qu'ils terminaient les préparatifs pour les invités.

Les membres de la meute commencèrent à arriver vers 11 heures. Des familles transportant des glacières de pique-nique se dirigèrent vers la rive sablonneuse du lac. Des cris de bienvenue retentirent et de chaleureuses poignées de main furent échangées tandis que Jace présentait Cassidy et Stephanie.

Pratiquement tout le monde étudia Cassidy avec attention. Elle n'eut pas l'impression d'être jugée ou désapprouvée, mais d'être plutôt l'objet d'une saine curiosité et d'une bonne dose d'approbation.

C'était toujours agréable de voir les gens hocher la tête, plutôt que de ressentir la pression et le manque de respect expérimentés dans son ancien travail.

Il y eut un moment très spécial, quand une adorable petite fille arriva en courant et enroula ses bras autour du genou de Cassidy.

— Bonjour, toi, dit Cassidy en se penchant pour ébouriffer les cheveux de Dixie. Je me souviens de toi.

Dixie la lâcha et leva les bras.

— En haut, ordonna-t-elle royalement.

Cassidy souleva la fillette avec aisance.

— Où est ta maman ?

Dixie posa sa tête sur la poitrine de Cassidy et commença à sucer son pouce avant de hausser les épaules et désigner la plage.

— Des méchantes.

Il ne lui fallut pas longtemps pour repérer Sophie. Cassidy se dirigea vers elle et réalisa alors que deux femmes bloquaient la jeune femme. Leurs mains s'agitaient et leurs voix en colère portaient au loin. Cassidy se dirigea vers Stephanie.

Son amie discutait avec un couple âgé qui avait apporté des chaises de plage et qui s'appliquait une épaisse couche de crème solaire.

— Tout va bien ?

Cassidy désigna la petite d'un geste de la tête.

— Voici Dixie. Dixie, voici ma meilleure amie, Steph. Tu peux lui faire un câlin ? Je dois faire quelque chose.

Comme la douce petite chose qu'elle était, Dixie tendit les bras.

— Câlins Steph.

Stephanie la serra contre elle et blottit son nez dans les cheveux de la petite. Quand Dixie se transforma soudain en loup vêtu d'un maillot de bain, elle n'émit qu'un petit bruit de surprise.

— Okéé, allons-y pour te démêler, dit Stephanie en jetant un coup d'œil à Cassidy. Ça va ?

— Ça ira bientôt, lui assura Cassidy en caressant la tête de Dixie. Sois sage avec Stephanie. Je reviens tout de suite.

Alors qu'elle se dirigeait vers Sophie, Cassidy entendit quelques mots. Comme elle s'en doutait, les deux femmes harcelaient Sophie.

— Tu croyais vraiment qu'on ne le saurait pas ?

— Tu devrais savoir qu'il vaut mieux ne pas essayer de s'élever au-dessus de sa condition.

Oh, comme c'est charmant, songea Cassidy. L'une des salopes était Emma.

Attaquer directement ou leur faire un croche-pied ? Quel délicieux choix.

Cassidy opta pour le coup de grâce.

— Salut, Sophie. Je suis tellement contente que tu sois là, déclara-t-elle en lui passant un bras autour des épaules comme si elles étaient les meilleures amies du monde.

Elle jeta alors un coup d'œil aux deux autres femmes et renifla avec mépris :

— Oh. Désolée. Je ne vous avais pas vues.

À côté d'elle, Sophie se balança légèrement puis redressa les épaules.

— Bonjour, Cassidy. Dixie et moi étions très excitées de venir.

— Dixie m'a déjà dit bonjour. Elle est avec mon amie, expliqua Cassidy avant de regarder les deux autres femmes avec dégoût. Emma, je sais. Et tu es ?

— Ne pense même pas..., commença Emma.

Cassidy leva la main.

— Tu ferais mieux d'écouter. Premièrement, ce n'est pas à toi que je parlais. Deuxièmement, tu n'as pas grand-chose à dire que j'aimerais entendre.

Elle regarda l'autre femme, exigeant presque une réponse :

— Ton nom.

— Jessica.

Jessica et Emma reculèrent instinctivement alors que Cassidy avançait.

— Jessica et Emma. J'ai invité la meute à un événement amusant et je suppose qu'en tant que membre, vous souhaitez en faire partie. Mais si vous ne pouvez pas vous comporter correctement, j'annulerai votre invitation et vous pourrez partir.

Emma renifla.

— Et avec l'aide de quelle armée ?

Oh, cette femme avait la mémoire si courte. Cassidy leur tourna le dos et s'adressa à Sophie :

— Je me trompe peut-être, mais est-ce que ces deux-là te harcelaient ?

Sophie redressa à nouveau les épaules.

— Oui. Mais c'est en partie de ma faute parce que je dois apprendre à me défendre.

— Se défendre est une bonne chose, mais si les gens n'étaient pas des imbéciles, tu n'aurais pas à le faire.

Derrière elle, Emma s'avança et posa une main sur l'épaule de Cassidy. Il suffit alors à celle-ci de faire glisser un bras en arrière, d'ajuster son équilibre et d'utiliser sa hanche. Emma s'envola avant de frapper le sol, le souffle coupé.

Cassidy marcha sur le poignet d'Emma pour l'empêcher de bouger, puis se tourna vers Jessica.

— À toi de voir. Choisis de meilleurs amis, ou fous le camp de ma propriété.

La femme se sauva vers la rive rejoindre un autre groupe.

Soudain, sentant sa nuque la picoter, Cassidy regarda dans la direction opposée. Une lueur chaleureuse s'illumina en elle en voyant Jace et Blue s'approcher.

— Salut, les gars, dit-elle.

Emma se tortilla, mais Cassidy se contenta d'appuyer un peu plus fort.

— Est-ce quelque chose que vous êtes censés gérer ? demanda-t-elle.

Jace baissa les yeux sur la femme au sol qui les foudroyait du regard.

— Tu as l'air de très bien t'en sortir.

— Je voulais être sûre de ne pas commettre d'impair si j'expulsais Emma.

Blue s'avança et prit Sophie dans ses bras.

— Ça va, chérie ?

Elle acquiesça et le serra en retour, puis sourit à Jace.

— Toutes mes félicitations.

— C'est un peu tôt pour les félicitations, rétorqua-t-il en toussotant.

— Mais ça viendra. Je le sais, répondit Sophie en enjambant Emma pour serrer Cassidy dans ses bras. Merci. Oh, et Dixie aimerait nager avec toi plus tard si tu veux bien.

— Avec plaisir.

Et aussi étrange que ce fût, cela semblait aller de soi. Cassidy déposa un baiser sur la tempe de Sophie puis l'envoya rejoindre Stephanie qui construisait un château de sable pendant qu'un petit loup enthousiaste se jetait sur les tourelles.

Pendant ce temps, Blue avait aidé Emma à se relever, et se tenait à ses côtés, comme un chien de garde nonchalant, mais alerte.

— Allez, Emma. Je t'accompagne jusqu'à ta voiture.

Pendant un instant, Emma parut vouloir protester.

— Oh, oui, dis-moi que tu veux résister, déclara Cassidy. J'aurai tellement de plaisir à t'expliquer que tu ne réussiras jamais à mettre la pagaille.

Un éclair de colère traversa les yeux d'Emma. Mais elle acquiesça en hochant la tête.

— Je suis désolée pour mon comportement, dit-elle avant de tourner les talons et s'en aller.

Blue la suivit d'un pas nonchalant, et Cassidy les regarda s'éloigner.

— C'était bizarre.

— C'est ça être une meute, fit remarquer Jace.

— Elle n'est pas vraiment désolée.

— Absolument pas.

— Elle va créer des problèmes.

Jace sourit et lui tendit la main.

— Et ça va être très amusant.

Et alors qu'il la conduisait vers la plage, à l'endroit où une partie de volley-ball avait démarré, Cassidy réalisa qu'il avait raison.

Elle avait hâte de donner à Emma la correction qu'elle méritait. Comme c'était insolite et pourtant parfait de prévoir une chose pareille.

Timberwolf Lodge s'avérait être une expérience très divertissante.

15

———————

out cela avait bien plus manqué à Jace qu'il le pensait : être entouré par les membres de la meute, sentir l'odeur des hamburgers grillés et des hot-dogs, les rires... tout lui avait manqué.

Pendant son absence, il avait eu l'occasion de côtoyer d'autres loups, mais ce n'était pas chez lui. Ce n'étaient pas *ses loups*.

Cette journée était dédiée à la détente, mais très bientôt, lui et Del allaient devoir s'affronter de façon officielle, car Jace ne comptait pas abandonner, que ce soit le fait d'être le leader d'une meute, ou de diriger aux côtés de Cassidy.

Voilà qu'il rêvassait, réalisa-t-il, debout sur le quai. C'était un endroit formidable pour méditer, mais franchement dangereux si on manquait de vigilance.

Un fait qui lui fut brusquement rappelé lorsque deux adolescents se précipitèrent vers lui depuis le côté opposé du quai.

Pendant une seconde, Jace vacilla sur la surface en bois,

une jambe dans le vide, puis tous les trois s'écrasèrent dans le lac comme un boulet de canon à plusieurs pattes.

Les enfants refirent surface avec des cris de joie.

— On l'a eu, s'exclama Cora en levant la main pour faire un high-five avec Danny.

Jace repoussa ses cheveux de ses yeux en souriant de joie devant leur courage.

— Sales gosses.

— Parfaitement, acquiesça Danny, en se baissant pour éviter l'eau que Jace lui lançait.

Sur le rivage, Cassidy observait la scène, le regard brillant. Jace lui rendit son regard, ravi de la joie qu'elle apportait à l'univers en étant simplement avec la meute.

Dans la partie la moins profonde du lac, les plus jeunes avaient enserré Marvin et lui grimpaient dessus. Blue aidait les enfants à monter sur lui, car Marvin était sous sa forme d'élan. Les enfants grimpaient sur ses jambes, puis glissaient dans l'eau à partir de son dos avec des cris de joie.

La petite Dixie sautillait comme un grillon en tendant la main pour planter ses doigts dans la peau de son cou. Jace se tendit, mais Blue était là, juste au cas où.

Marvin baissa la tête comme Dixie l'exigeait, puis resta immobile tandis que la petite fille l'escaladait précipitamment. Elle piétina négligemment son nez puis l'espace entre ses yeux, pour finir par pivoter et atterrir derrière ses bois.

Elle leva alors ses petites mains en l'air et s'agita avec enthousiasme.

— Hue dada !

Jace et Cassidy échangèrent à nouveau des regards amusés, et soudain il fut balayé avec force par une étrange sensation.

Était-ce le fait d'être avec Cassidy ? Oui, absolument.

D'avoir le lead du groupe ? Mieux valait tard que jamais. Des enfants dans le futur ? Il n'était pas encore prêt, mais il les désirait.

Il voulait tout.

Dans le ciel bleu, des nuages blancs apparurent, et au moment du repas le temps était orageux.

Jace retrouva Cassidy qui était en compagnie de Steph, Sophie et certaines anciennes de la meute. Les dames lui adressèrent des sourires entendus alors qu'il s'approchait de Cassidy.

— Heureuse de ton retour, dit Mary Daccoda avec un sourire approbateur. Est-ce que tes parents apprécient la vie dans les provinces maritimes ?

C'était un des autres aspects d'avoir grandi au sein de la communauté. Tout le monde se connaissait, même si ses parents avaient déménagé quand Jace était parti pour l'université.

— Papa envisage de devenir pêcheur de homard, mais maman préfère qu'il garde les pattes sur terre. À la place, ils organisent des visites de la maison « d'Ann et la maison aux pignons verts ».

Marie éclata de rire et fit un clin d'œil à Cassidy.

— Peut-être qu'ils auront bientôt une raison de venir nous rendre visite.

— Ravi de vous avoir tous revues, dit-il avec douceur. Excusez-nous.

Il enroula ses doigts autour de ceux de Cassidy et la tira légèrement. Celle-ci se pencha vers lui mais garda son attention rivée sur la femme qui lui parlait.

— Ça semble très amusant, répondit-elle à la femme – qui s'appelait Parker ? Paller ? Ou un nom comme ça – On en parlera aussi à Stacy, la sœur de Steph. Elle et ses garçons seront là dans moins d'une semaine. Je sais qu'ils sont très excités à l'idée de rencontrer d'autres personnes de leur âge.

— Je veillerai à ce que vous soyez informées de la date et du lieu, promit Sophie.

Jace se retrouva au centre de l'attention féminine. Une demi-douzaine de regards interrogateurs le passaient en revue. Quelques femmes remarquèrent ses doigts entrelacés à ceux de Cassidy, et sourirent.

Stephanie leur fit signe de partir.

— Allez faire ce que vous avez à faire. Sophie et moi allons faire de grands projets pour...

Un éclair zébra le ciel, suivi quelques secondes plus tard, d'un énorme grondement de tonnerre.

— Ils avaient dit que la tempête arriverait avant la nuit, dit Mary en levant les yeux vers les éclairs qui s'enchaînaient. Voilà mon signal de départ pour rentrer chez moi avant la pluie. Merci pour l'invitation, Cassidy et Stephanie. Timberwolf Lodge se portera très bien sous votre direction.

— Merci pour ta confiance, déclara Stephanie en levant les yeux tandis qu'un autre coup de tonnerre retentissait. Waouh. Ça se rapproche.

Tout le monde se dispersa rapidement. Les chaises de camping furent pliées, les paniers de pique-nique fermés, les enfants récupérés et dirigés vers les véhicules. Certains membres de la meute se déshabillèrent, rangèrent leurs vêtements dans leurs sacs et se métamorphosèrent puis seuls, en couple ou en famille, se dirigèrent vers les arbres pour rentrer chez eux en courant.

— C'est tellement incroyable, dit Cassidy en observant la scène avec un vif intérêt. Ça va aller pour eux ?

— Ce sont des loups, lui rappela-t-il. Tout ira bien. C'est

assez exaltant d'être dehors pendant une tempête, même si mon loup n'est pas fan de la fourrure mouillée.

Un instant plus tard, la plage et la pelouse étaient presque vides, ce qui était une bonne chose, car la pluie s'était mise à tomber comme si elle se déversait d'un seau.

Rapidement trempée, Cassidy entraîna Jace avec elle vers la maison.

— Rentrons.

— Peur d'un peu d'eau ? demanda-t-il en restant sur place.

— Bon sang non, rétorqua-t-elle en se retournant dans un geste rapide qui fit voler ses cheveux autour d'elle. J'adore la pluie. C'est toi qui as dit que tu n'aimais pas être mouillé.

— Oh, tu veux me mettre au défi ?

Elle lui sourit tandis que l'eau coulait sur son visage. Il porta ses doigts à ses lèvres et les embrassa doucement avant de pencher la tête vers la forêt.

— Viens donc. J'ai quelque chose à te montrer.

Se promener dans les bois alors qu'une tempête faisait rage était l'une des choses les plus impulsives que Cassidy ait jamais faites.

Frissonnante d'excitation et de désir, elle courut aux côtés de Jace avec l'empressement d'une adolescente au dernier jour d'école.

Cela avait été une bonne journée. Non, une superbe journée. Elle avait noté que certaines personnes rencontrées dimanche n'étaient pas venues : surement ceux qui soutenaient Del en tant qu'Alpha.

Mais tous ceux qui étaient venus s'étaient montrés

positifs et accueillants – même après son démêlé avec Emma et son horrible amie. Comment pouvait-on être méchant avec Sophie ? Cassidy ne comprenait pas.

Jace la conduisit vers la droite en restant à la lisière des arbres au lieu d'entrer dans les bois.

— Tu me fais faire un grand cercle, l'accusa-t-elle.

— Il y a une raison, et tu vas aimer, promit-il.

Elle était complètement trempée. Au-dessus d'eux, le ciel continuait à offrir un spectacle de lumière éblouissant accompagné d'effets sonores grondants. Un éclair particulièrement brillant illumina le monde alors que Jace s'arrêtait devant une échelle.

Au-dessus de leurs têtes se trouvait une cabane dans les arbres.

— Monte, dit-il en désignant l'échelle. On en avait une quand on était enfants. Blue et moi avons passé les deux dernières nuits à la restaurer. Nous voulions qu'elle soit prête avant l'arrivée de Stacy. Les enfants ont besoin d'un endroit à eux.

Cassidy s'assura d'avoir une prise ferme sur les barreaux avant de monter au ciel. Lorsque sa tête passa par la trappe et pénétra dans la cabane, elle siffla d'admiration.

— Mince alors. Maintenant, je veux une cabane dans les arbres.

Jace la rejoignit en souriant tandis qu'il abaissait la trappe derrière eux et bloquait le vent.

— Peut-être que si tu es une bonne tante, ils te laisseront l'emprunter de temps en temps.

Un autre éclair éclata au loin, illuminant l'intérieur. C'était simple, mais il y avait quelques étagères et un tas de coussins. Cassidy pouvait déjà imaginer les garçons s'y amuser.

Ils s'assirent par terre. Jace passa un bras autour d'elle et lui embrassa le cou.

— Tu as été incroyable aujourd'hui.

Les frissons et les pensées érotiques qu'elle avait eus à chaque fois qu'elle l'avait regardé ce jour-là revinrent en force. Cassidy l'aida à remonter son T-shirt mouillé et le passa par-dessus sa tête. La chaleur de son torse contre ses doigts était comme une fournaise.

— Je te veux, dit-elle.

Il lui retira également son haut puis saisit ses joues pour l'embrasser doucement. Ses lèvres, sa mâchoire, le point sensible sous son oreille.

— Tu m'as.

Il leur fallut beaucoup de temps pour se déshabiller, car ils ne cessaient de s'étreindre, se caresser et se taquiner.

Dehors, l'orage faisait rage, le tonnerre grondait, mais à l'intérieur, la chaleur grandissait. Jace lui caressa les seins avec révérence, la goûtant et lui mordillant les mamelons. Il la tira sur ses genoux, et elle enroula ses bras autour de ses épaules, se cambrant contre lui.

Cassidy ferma les yeux et un sentiment de folie monta en elle. La sensation d'être dans les bras de Jace était mêlée à des images de loups en train de courir. Tandis qu'il la caressait, elle sentit le vent glisser à travers sa propre fourrure.

Quand il s'allongea et la fit rouler sur lui, elle vit qu'elle était bien dans la cabane avec lui, excitée et emplie de désir. Elle ondula ses hanches afin de faire glisser son sexe imposant contre le sien, bien décidée à profiter pleinement de l'instant présent.

Mais il y avait aussi la sensation des roches et de la terre sous ses pattes. La saveur vive de l'air provenant de la tempête. Le hurlement sourd d'un loup appelant sa compagne.

Elle baissa les yeux et vit le bleu profond des yeux de Jace scintiller. Elle vit son loup.

— Tu es beau, murmura-t-elle.

Il saisit ses hanches, et la fit bouger sur lui.

— Je suis à toi, dit-il.

Elle s'abaissa alors sur lui dans un mouvement fluide.

C'était comme être remplie par la tempête. Le plaisir l'envahit, et elle se délecta des sensations qui l'emplissaient intérieurement et extérieurement. Cassidy visualisait avec émerveillement deux loups, blanc pâle et gris moucheté. Des loups amoureux, emmêlés l'un à l'autre.

Lui et elle. Impossible, magique.

Parfait.

Jace la serra contre lui, leurs corps toujours intimement liés, et l'embrassa avec une faim qui dépassait celle d'un humain. Cassidy lui rendit son baiser, donnant autant qu'elle recevait, et ensemble, ils montèrent vers les sommets.

Il est à moi.

Cette pensée lui vint tandis qu'elle criait son nom. Jace enfouit son visage dans son cou et grogna tandis que le plaisir déferlait en lui. Une expérience corporelle inédite qui les enchevêtrait et les laissa haletants dans les bras l'un de l'autre.

Lorsque Cassidy ouvrit enfin les yeux, ce fut pour découvrir Jace qui lui souriait. Il repoussa ses cheveux derrière son oreille.

— Bonjour, toi.

Il était allongé sur le dos à même le sol en bois, et elle l'utilisait comme matelas, les mains pressées contre son torse. Sous ses paumes, son cœur, toujours palpitant, battait à un rythme effréné.

Tant de choses à assimiler, et tant à comprendre encore.

— C'était incroyable.

— Je suis d'accord, dit-il en se blottissant contre son cou. Mon Dieu, comme j'aime ton odeur à cet endroit. Ça me rend fou.

— Accorde-moi cinq minutes.

Jace s'esclaffa.

— C'est censé être ma réplique.

— Hé, je n'ai pas l'habitude d'avoir des visions pendant que je fais l'amour.

Il sourit de plus belle.

— C'est agréable de savoir que j'apporte quelque chose de nouveau dans notre relation.

Elle le regarda, et la joie et le plaisir en elle fit place au sérieux.

— Ce n'est pas du sexe ordinaire et quotidien, n'est-ce pas ?

— Non. Mais je ne veux pas que ce soit le cas. Et toi ?

La connexion entre eux ne cessait de croître, Cassidy ne pouvait le nier. Elle ne voulait pas le nier.

Cela semblait étrange de poser la question franchement, mais c'était le seul moyen d'en être sûre.

— Sommes-nous des compagnons ? Destinés ou pas ?

Jace n'hésita pas. Il se redressa avec elle installée sur ses genoux, ses bras autour d'elle.

— Oui. Mais ça ne veut pas dire que ça se décide sans toi. Je suis prêt, mais le reste dépend de toi. Quand tu seras prête.

C'est trop rapide, fut la première pensée de Cassidy, et c'était vrai.

Mais elle pressa ses mains contre les joues de Jace et regarda ses beaux yeux, sachant qu'un non n'était pas la bonne réponse.

— Bientôt, lui dit-elle.

Il aurait pu être blessé par sa déclaration ou essayer d'en discuter pour la convaincre, mais à la place, il sourit.

— Je suis heureux. Quand tu seras prête, je serai là pour toi. Pour toujours et à jamais.

Il la serra contre lui et leurs cœurs battirent à l'unisson, là au milieu des arbres avec la pluie qui tombait autour d'eux.

Cassidy se blottit contre lui et pria pour que ce soit le cas.

16

— Dis-moi que ce n'est pas un temps habituel, se plaignit Stephanie en entrant dans le salon et en se vautrant sur le canapé à côté de Blue. Je ne suis pas un canard. Ce serait un beau temps pour un canard, mais je préfère que mon humidité soit inférieure au taux de saturation maximale.

— Ce n'est pas habituel, la rassura Blue en lui tendant le magazine qu'ils consultaient pour trouver des idées de meubles. Qu'est-ce que tu préfères, avec ou sans accoudoirs ?

Stephanie soupira de façon théâtrale et se pencha sur la question.

— Au moins, on a des choses à faire en attendant que la pluie cesse.

— Il faut bien puisqu'on ne peut plus travailler à l'extérieur, dit Cassidy en regardant à nouveau par la fenêtre et en faisant la moue. On avançait si bien.

— On a le temps, lui assura Steph avant de tapoter la place à côté d'elle. Viens ici. Blue et moi discutions ce matin, et je pense qu'il a eu une bonne idée.

Ils discutaient toujours tous les deux, et Cassidy trouvait cela très mignon.

Blue était si sérieux et pourtant joyeux. C'était agréable de l'avoir ici. Surtout ces derniers jours, où il formait un contraste notable avec Jace, qui n'était pas là, occupé à faire des trucs d'Alpha maussades, supposa-t-elle.

Le moment qu'ils avaient partagé dans les arbres avait été magique. Et depuis tout allait très bien entre eux, mais Jace semblait distrait. Encore plus qu'elle.

Elle secoua la tête et accorda son attention à Steph.

— Désolée.

— C'est bon, dit Stephanie en lui tapotant la jambe. Voilà ce qu'on se disait. Stacy arrive dans les prochains jours. Elle voudra surement laisser les enfants décider de certaines choses pour qu'ils se sentent chez eux. Blue pense que ce que nous avons commandé pour l'intérieur devrait être là vendredi, après la fête du Canada.

— Encore une semaine, grommela Cassidy.

— Ce qui nous laisse amplement le temps de rénover les chambres, souligna Blue. Si on se donne le mois de juillet pour préparer un maximum le pavillon et quelques chalets, on pourra prendre des réservations la dernière semaine d'août et le long week-end de septembre. Juste à certains des anciens qui ont exprimé leur désir de revenir.

— Nous avons un an pour faire nos preuves, lui rappela Stephanie. Je pense que l'idée de Blue est bonne. On accueille les premières familles, on recueille leurs commentaires sur ce qui doit être amélioré, puis on passe le reste de l'automne et de l'hiver à tout faire briller.

— Les locataires d'hiver, ça sera une autre histoire. Surtout pour les loups. La prochaine série de clients pourrait donc être là en décembre ou pendant les vacances. Tu en penses quoi ?

Cassidy réfléchit. Leurs dépenses courantes étaient faibles, hormis les matériaux qu'ils achetaient. Ce n'était donc pas comme s'ils devaient se démener pour payer leur loyer. Et avec le travail de Jace pour rebrancher le système de panneaux solaires, la facture d'électricité n'allait pas non plus être si horrible.

— Je comprends la sagesse de faire une ouverture en douceur. J'aimerais cependant avoir quelques clients pour Thanksgiving, si possible. Et puis un nombre limité de clients en hiver tant que nous n'avons pas trouvé notre routine.

— Ça me plait, approuva Stephanie en hochant la tête. Et ça conviendra également à Stacy, car elle aura le temps d'accompagner les garçons pour leur rentrée scolaire, sans avoir la pression de cuisiner pour une salle pleine.

— Et ton spa ? demanda Cassidy.

Son amie illumina la pièce de son sourire.

— Je n'aurai pas tout au départ, mais j'irai lentement. Si on a des clients, je pourrai organiser quelque chose pour rendre leur séjour spécial.

Malgré la pluie qui tombait à l'extérieur, le moral de Cassidy s'était amélioré.

— D'accord. On doit voir si Jace sera capable de...

Elle hésita. Qu'était-elle censée dire maintenant ? Si Jace pouvait rester ? Si la meute l'acceptait ?

S'il n'était pas mort à ce moment-là ?

Blue se leva pour la prendre dans ses bras de manière fraternelle et réconfortante.

— Il va s'en sortir, lui assura-t-il.

— J'en suis sûre. Mais je veux aussi que Del s'en sorte, parce que l'idée qu'ils se mettent en pièce tous les deux ne me plait pas.

Et plus les choses mettaient du temps à se résoudre, plus elle se sentait mal.

L'immense porte d'entrée s'ouvrit brusquement et rebondit contre le mur. Elle se retourna et jura en voyant Jace foncer vers eux, les yeux rouges.

Blue leva les mains et s'éloigna de Cassidy comme s'il venait de se brûler.

Oh, non, surement pas, décida Cassidy en rejoignant Jace au milieu de la pièce. Elle posa une main sur son torse.

— Si, ne serait-ce qu'un seul de tes neurones, songe à blesser Blue pour m'avoir serrée dans ses bras, on va avoir des mots.

Jace la souleva et la jeta par-dessus son épaule avant de monter les marches au pas de course.

— Bon sang, Jace. Pose-moi. Qu'est-ce qui ne va pas chez toi ?

Il poussa la porte de sa chambre, la déposa sur le lit et s'allongea près d'elle avant d'enfouir son visage dans son cou pour inspirer profondément.

Elle était vraiment énervée d'aimer cela autant.

— Je suis en colère contre toi, l'informa-t-elle. Alors, arrête de faire ce truc qui me fait frémir de plaisir.

Il murmura quelque chose d'une voix basse et inaudible. Cassidy passa la main dans ses cheveux et le tira en arrière afin de croiser son regard.

— Quoi ?

— Je l'ai défié. Del et moi nous rencontrerons demain soir pour décider de la direction de la meute.

Oh merde.

— D'accord. Je vois.

Elle relâcha sa tête et le caressa pendant qu'il se frottait contre elle tel un chat géant.

Cela allait bien se passer, car il le fallait. Cassidy ne

pouvait imaginer un monde sans Jace. Ce monde... celui dont elle était tombée amoureuse en un laps de temps incroyablement court.

Il la tint dans ses bras et la caressa, et une chose en entraînant une autre, ils se donnèrent l'un a l'autre, prenant et donnant à parts égales.

Cela ne changerait pas ce qui allait se passer, mais ça faisait de l'ici et du maintenant ce qu'il devait être.

Ils étaient à la table du petit déjeuner le lendemain matin, lorsque Stephanie posa la question la plus importante.

— Où est-ce que ça se passe ?

— J'ai lancé le défi, donc c'est à Del de choisir l'endroit. Il a opté pour le pré Wilson, expliqua Jace en serrant la cuisse de Cassidy. Mais ça va aller bien. J'ai un plan.

Heureusement qu'un des deux y avait pensé, car Cassidy était bien trop angoissée pour cela. Elle ne savait même pas comment elle pourrait arriver au bout de cette journée en attendant le défi.

— Je serai là. Je préfère te le faire savoir, juste au cas où il y aurait une règle interdisant les humains.

Il sourit : le premier vrai sourire qu'elle lui avait vu depuis des jours.

— Bébé, personne n'oserait penser à t'éloigner.

Jace ne se souvenait pas d'avoir jamais vu autant de pluie sur plusieurs jours d'affilée en juin. Cela rendait la perspective du défi non seulement plus difficile, mais irritait son loup.

Devoir se battre ? Aucun problème. Être mouillé par contre ? Cela l'énervait.

Il se tenait au bord de la clairière qui était emplie par les membres de la meute venus les voir. Devant lui se trouvait un espace avec une herbe plus courte où ils devaient s'affronter.

Blue laissa Cassidy et Stephanie auprès de Sophie et rejoignit Jace.

— Ce n'est pas que tu en aies besoin, mais bonne chance.

Jace regarda Cassidy, fier de la voir se tenir si droite parmi les spectateurs, comme si elle lui appartenait. Comme si elle savait.

— Ne devrais-tu pas rester neutre et ne pas me parler ?

Blue fit claquer sa langue.

— Je t'en prie. Tout le monde sait que je pense que tu devrais diriger. Si le fait que je te parle peut suffire à faire cesser ce rituel barbare, tant mieux.

De l'autre côté de la clairière, Del retirait sa chemise.

— J'espérais pouvoir déchirer son costume, avoua Jace en retirant également ses vêtements.

— Tu pourrais en demander un en prime lorsque tu l'épargneras, suggéra Blue.

Il tapota fermement l'épaule de Jace, le regard attentif.

— Garde le contrôle de ton loup. Del a fait du bon travail, tout bien considéré. Je pense que tu le regretterais si tu lui arrachais la jugulaire.

— Il regarde encore Stephanie, dit sèchement Jace.

— Donne-lui quelques coups de pied dans les couilles de ma part.

Blue le salua puis retourna auprès des femmes.

Petit à petit, les personnes rassemblées se calmèrent. La pluie continuait de tomber, détrempant le sol au point que lorsque Jace s'avança vers Del au milieu de la clairière, la boue s'écrasait entre ses orteils à chaque pas.

Même les cheveux soigneusement coupés de Del étaient tellement mouillés qu'ils en paraissaient indisciplinés.

Del releva le menton.

— Tu m'as mis au défi. J'accepte, mais je suis prêt à faire preuve de clémence si tu te retires maintenant.

— Je t'emmerde.

Del sourit.

— Espèce d'arrogant. J'essaierai d'arrêter une fois que tu seras paralysé, mais il n'y a aucune garantie, rétorqua-t-il le regard sombre. Et le plus intéressant, c'est que sans toi Cassidy pourra...

Jace vit rouge avant même la fin de la phrase. Sa main jaillit et ses doigts s'enroulèrent autour de la gorge de Del.

La seconde suivante, Jace tenait une poignée de fourrure et des dents acérées comme des lames de rasoir se rapprochaient dangereusement de sa main.

Jace esquiva et s'éloigna. Tous deux se donnaient des coups de dents et de griffes, se précipitant en avant et se balançant en arrière sans plus avoir conscience de ce qui se passait en dehors du cercle.

Il savait que Cassidy était là – il pouvait sentir sa présence. Il savait que Blue était là aussi, lui apportant le soutien discret qui avait toujours fait partie de leur relation. La boule de joie qu'était Stephanie, ainsi que tous les membres de la meute qu'il avait réappris à connaître au cours des dernières semaines, tous étaient là.

Ils étaient là. Il les sentait, sentait leur soutien.

Mais la centrale électrique qui grondait devant lui était sa plus haute priorité.

Del feinta à droite puis chargea à gauche. Jace anticipa le mouvement, mais réagit trop tard et reçut un coup de griffes. La douleur lui parcourut l'épaule, s'étendant jusqu'à sa patte.

Devant lui, son cousin montrait les dents dans un sourire de loup satisfait d'avoir fait saigner en premier.

Jace s'élança vers lui en se tordant dans les airs, crocs en avant, dans l'espoir de lui déchirer le corps. Il arracha un petit morceau de la cuisse de Del, et son cri de douleur donna envie au loup de Jace de se frapper la poitrine avec fierté.

Nouveau roulement de tonnerre au-dessus d'eux, et la pluie redoubla d'intensité, tombant si fort que la foule rassemblée aux abords du terrain disparut derrière un rideau d'eau. Les sens de Jace se remplirent d'un bruit blanc : celui de l'eau. Il n'y avait plus d'odeurs à part celle de l'herbe broyée sous leurs pieds et celle du sang.

Del le percuta par la gauche. Jace claqua des dents dans le vide et se précipita. Sa tête frappa dans quelque chose de solide qui grogna avant de rouler au sol.

Il se releva à toute vitesse et tenta sa chance dans l'espoir de surprendre Del avant qu'il se relève. À l'instant où Jace referma ses mâchoires sur la fourrure, il réalisa le piège. Del le tenait également par la jambe. Tous deux étaient en mesure de se faire du mal sans qu'aucun ait l'avantage.

Un long hurlement fendit soudain l'air. Faible et fragile.

Jace et Del se figèrent, leurs dents s'enfonçaient l'un dans l'autre, mais sans se déchirer.

Un autre petit cri, celui d'un jeune loup effrayé.

Jace lâcha Del qui s'éloigna au même instant. Puis tous deux s'élancèrent hors du cercle de combat pour traverser les arbres, côte à côte.

Quelque chose avait mal tourné quelque part. La pluie avait suffisamment diminué pour qu'ils puissent voir le sentier. Ils sprintèrent, sautant par-dessus les obstacles qui se présentaient de chaque côté. Derrière lui, Jace entendit un autre loup courir, et sentit que c'était Blue.

Quelques instants plus tard, ils le trouvèrent : un monospace coincé au milieu du pont brisé. Le ponceau en dessous avait été emporté par les eaux, et les roues arrière du véhicule glissaient vers le bas de la rivière, emportées par le fort courant.

Jace jeta un coup d'œil par la vitre et repéra un visage incroyablement familier. Cela ne pouvait pas être Stephanie, ce qui signifiait que c'était sa sœur, Stacy. Il se métamorphosa immédiatement et saisit la portière du monospace.

L'eau de la rivière décrocha les roues de leur emplacement, faisant glisser le véhicule plus loin.

— Stacy. Où sont les enfants ? cria Jace.

Elle déroula la vitre et désigna l'arrière.

— Aidez-moi.

Derrière lui, Del prit son élan et s'envola pour atterrir sur le toit de la camionnette. Il quitta son loup et s'accrocha au véhicule bancal pour se pencher vers l'intérieur.

— Pouvez-vous ouvrir les portières ?

Stacy secoua la tête.

— Je peux les sortir par la vitre. Restez là.

Elle disparut à l'arrière en rampant sur le siège conducteur. Un instant plus tard, un jeune garçon aux cheveux roux en bataille passa la tête par la vitre, ses grands yeux bleus écarquillés par la peur.

— Tout va bien. Del va t'attraper et t'envoyer vers moi. Sois courageux, cria Jace.

Del hocha la tête. Il s'allongea sur le toit et attrapa les mains du petit garçon. Une seconde plus tard, il hissait l'enfant sur le toit.

— Mets-toi en boule, ordonna Del. C'est comme faire un boulet de canon à la piscine.

Le monospace bascula. Del trébucha une seconde, retrouva son équilibre puis envoya l'enfant voler dans les bras de Jace.

Blue fut là. Il prit le garçon des mains de Jace, alors même que Del tirait un plus jeune enfant par la vitre.

Une deuxième fois, Del lança et Jace attrapa l'enfant dans un étrange match de baseball en pleine nature avec des enjeux plus importants que de simples scores.

Stacy était de retour à la vitre, les larmes coulant sur son visage.

— Je n'arrive pas à prendre Colt. Il est sous sa forme de loup et il a vraiment peur.

Le monospace bascula et glissa plus loin dans la rivière. Les roues arrière durent heurter un endroit plus profond, car le véhicule commença à basculer sur le côté. Stacy recula de la vitre avec effroi.

Del tendit la main et lui attrapa le poignet.

— On s'en occupe. Mais il faut sortir maintenant.

Elle se débattit.

— Non. Pas sans mon fils.

La voiture se déplaçait rapidement à mesure que le niveau de l'eau montait. Les arbres déracinés en amont s'écrasaient contre la charpente métallique. Malgré ses protestations, Del tira Stacy sur le toit, la souleva et sauta, disparaissant de la vue de Jace, de l'autre côté de la rivière.

Un autre long hurlement douloureux résonna. Déchirant et jeune.

Jace ne réfléchit pas. Il se précipita en avant en changeant instantanément. Son loup plongea par la vitre ouverte juste avant que la voiture s'incline.

Il faisait sombre dans le monospace qui rebondissait en

heurtant les rochers et les arbres. L'eau remplissait l'intérieur jusqu'à mi-hauteur. Jace se retransforma, gagné par l'épuisement alors qu'il rampait sur les sièges. Il passa sur des petites voitures Hot Wheels flottantes et des emballages d'oursons en guimauve.

Blotti sur le dossier le plus éloigné, Colt tremblait sous sa forme de loup.

Un autre rebond violent et Colt glissa. Jace l'attrapa et le serra contre son corps en se dirigeant vers la portière passager.

— Je te tiens. Ce n'est pas très amusant, alors retournons auprès de ta mère.

L'eau continuait à monter alors que la camionnette raclait les rochers et était frappée par les morceaux de bois. Jace se redressa et utilisa ses pieds pour ouvrir la portière coulissante afin de remonter.

Une lumière inégale déchirait le ciel assombri par les nuages et la pluie. Il regarda la rive, soulagé de découvrir que Blue suivait la progression du monospace.

— Je vais le lancer !

— Vas-y, répondit Blue. Hé, Colt. Ne t'inquiète pas. J'ai un gros gant de receveur.

Le loup dans les bras de Jace trembla, mais se concentra intensément sur Blue.

— Reste sous ta forme de loup jusqu'à ce que tu atterrisses, gamin. Ça facilitera les choses, le prévint Jace.

Il recula son bras pour préparer le lancer, quand un arbre s'écrasa à l'avant du véhicule, et atterrit sur ses pieds. Il ne pourrait pas tenir longtemps, mais avant de tomber, il lança Colt vers Blue sur le rivage.

Jace saisit alors la branche dans l'espoir qu'elle coince la camionnette et l'immobilise.

Pas de chance. Alors que la branche sous ses doigts

bougeait, Jace s'efforça de retrouver son équilibre. Il chancela, presque rétabli, lorsque, dans sa vision périphérique, quelque chose de massif bougea.

Bon sang. C'en était fini.

La bûche tomba droit sur Jace, le fit rebondir et l'envoya s'écraser dans l'eau boueuse et déchaînée. Le cri de Cassidy résonna dans ses oreilles avant que sa tête plonge.

Quelque chose s'écrasa contre sa tempe et le monde s'assombrit.

17

Quelques minutes plus tôt...

Le combat avait été terrifiant, surtout lorsqu'ils avaient tous deux été couverts de sang, sans que Cassidy sache lequel des deux était blessé. Et même si elle se faisait un sang d'encre pour Jace, elle ne voulait pas non plus que Del meure. Elle ne voulait pas que Jace vive en sachant qu'il avait tué son cousin.

L'adrénaline en elle était si forte, qu'on aurait dit que c'était elle qui se battait, et au moment où les deux plantèrent leurs crocs l'un dans l'autre, elle jura le sentir dans ses propres membres.

Puis le hurlement retentit.

— Oh, mon Dieu. C'est Colt, s'écria Stephanie en attrapant Blue par les épaules et le poussant en avant. C'est mon neveu qui hurle. Où est-il ? Trouve-le.

Blue bougea si vite qu'il en devint flou. Les deux loups au milieu du terrain s'élancèrent encore plus vite. Jace et Del se séparèrent et disparurent entre les arbres, suivis de Blue qui formait une ombre sur leurs talons.

Les filles restèrent interdites, submergées par le choc.

Cassidy secoua la tête et réfléchit.

— Qu'est-ce qu'il y a par là ? Un sentier ? Une route ?

— Une très vieille route, répondit Sophie. L'ancien accès à Timberwolf Lodge. Mais il n'a pas été utilisé depuis des années. Pas depuis que le pont a été mis hors d'usage.

— Eh bien, quelqu'un a essayé de l'utiliser aujourd'hui, déclara sèchement Cassidy avant de se tourner vers la foule et crier des ordres : Si vous pouvez vous rendre utile, suivez Jace et Del. Sinon, trouvez un abri ou allez à Timberwolf Lodge. Nous vous informerons dès qu'on aura du nouveau.

Étonnamment, tout le monde l'écouta et se dispersa dans des directions différentes.

Sophie attrapa le bras de Cassidy.

— Tu ne peux pas courir aussi vite que moi quand je suis une louve, alors je vais rester humaine. Allez. Je connais un raccourci vers le vieux pont.

Trempée et envahie par la peur, Cassidy suivit la frêle femme, ainsi que Stephanie. Toutes deux respiraient avec force et ne disaient rien, économisant leur énergie pour essayer de suivre Sophie.

La pluie s'était suffisamment atténuée pour qu'elles puissent se frayer un chemin à travers les branches mouillées par la pluie. Enfin, elles se retrouvèrent sur une vieille route au-dessus d'un pont emporté par les eaux.

— Tante Steph.

Blue accourut avec les plus jeunes garçons de Stacy accrochés à lui.

— Prends-les. Je reviens.

Steph prit Blaze, Cassidy s'occupa d'Ace et Blue repartit, remontant à nouveau la berge.

De l'autre côté de la rivière, les petites silhouettes de Del et Stacy étaient à peine visibles. Cassidy aurait juré avoir vu Stacy frapper Del avant de retourner en courant vers la rivière. Il la poursuivit, la souleva par-dessus son épaule et la porta, alors qu'elle se débattait.

Le monospace gisait désormais au milieu de la rivière. Lorsque la tête de Jace surgit par la portière passager à peine ouverte avec un louveteau dans les bras, le soulagement envahit Cassidy.

Mais ensuite, voir les arbres s'abattre sur le monospace lui parut comme un film d'horreur. Colt vola dans les airs et atterrit dans les bras de Blue, faisant tomber ce dernier à la renverse. Jace glissa le long du toit quand une grosse branche le frappa, et il disparut de sa vue.

Elle poussa un cri et se mit à courir.

— Jace.

Elle ressentit alors une douleur aiguë, comme si sa tempe était transpercée par une lame tranchante. Elle vacilla pendant une seconde puis se força à se redresser.

Stephanie lui saisit le bras.

— Attention, Cass.

Cassidy lui passa Ace.

— Je vais le chercher.

Elle sprinta devant Blue qui se tourna vers elle, les bras chargés d'un loup préadolescent.

— Cassidy.

— Reste avec les garçons, ordonna-t-elle en courant le long de la rivière, les yeux fixés sur l'eau rugissante dans l'espoir de voir la tête de Jace réapparaitre.

Elle contourna la rivière élargie qui ne faisait pas plus de six mètres de large, mais qui bouillonnait et était emplie de débris tumultueux.

Le désespoir la saisit et elle ferma les yeux.

— Jace.

Elle le vit lui, ainsi que sa louve.

Là, les yeux fermés, elle vit la louve blanche qu'elle avait suivie dans ses rêves frotter son museau au nez de Jace. Il gisait immobile au bord de la rivière. Pas dans la partie où elle se trouvait, mais ailleurs. Cassidy ouvrit les yeux, ne songeant plus qu'à le retrouver.

La magie resta. Cela n'aurait servi à rien de rester immobile et de suivre sa louve dans sa tête. À présent, même avec les yeux ouverts, elle visualisait l'animal zigzagant sur le sentier, avant de disparaître dans la broussaille.

Sans plus douter ni sans aucune crainte, Cassidy la suivit en courant.

En quelques secondes, elle voyait double. Les arbres et le sentier devant elle étaient suffisamment dégagés pour qu'elle ne trébuche pas. Et en même temps, elle était la louve, reniflant, observant, et écoutant, à la recherche de la moindre trace de Jace.

Elle tourna au coin et sortit des arbres détrempés par la pluie.

Au bord de la rivière gisait une tache sombre de fourrure dont les membres étaient emmêlés dans un petit rosier arraché. Cassidy se précipita et repoussa les débris.

— Jace.

Elle se pencha plus près et posa une main sur sa poitrine, priant pour qu'il y ait un signe de vie.

Venait-il de bouger ? Elle se pencha plus près.

Il sortit alors sa langue et la lécha du menton jusqu'au haut du front. Cassidy rit, soulagée alors qu'elle déposait un baiser sur sa tempe meurtrie.

— Tu ferais mieux d'avoir des supers pouvoirs magiques de guérison, très cher, sinon je vais être très en colère après toi.

Et puis la chose la plus merveilleuse se produisit. Jace

ouvrit les yeux et elle tomba amoureuse. Complètement. Totalement.

C'était peut-être le destin, mais c'était réel.

JACE AVAIT MAL PARTOUT. Il y avait de l'eau dans ses oreilles, sa queue était probablement cassée, et alors qu'il reprenait forme humaine, il vit un éclat de la taille d'une batte de baseball enfoncé dans sa fesse droite. Mais c'était le moindre de ses soucis.

Il était en vie et Cassidy était là, l'embrassant et le tenant comme si elle ne comptait plus jamais le quitter.

C'était merveilleux et cela signifiait qu'il pouvait s'intéresser aux autres questions.

— Est-ce que Colt va bien ? demanda-t-il d'une voix horriblement cassée.

Cassidy posa une main sur sa joue.

— Ne parle pas. La dernière fois que je l'ai vu il allait bien.

— Il va plus que bien, déclara Blue.

Jace tourna la tête et s'efforça de se concentrer sur son cousin, qui sortait de la broussaille pour les rejoindre. Blue se pencha et lui tendit la main.

— Les enfants et Stacy sont en sécurité. Tu es le plus abimé. Retournons auprès des autres. Tu n'as pas encore fini.

— Il ne va pas se battre.

La colère de Cassidy était si brûlante que Jace la sentit jusqu'à ses orteils.

Il vacilla avant de réussir à se redresser et rester debout, malgré la douleur. Ce n'était pas bien de montrer de la faiblesse devant sa compagne alors qu'elle était aussi énervée.

Cependant, il dut donner raison à Blue.

— Non. Je ne me battrai pas. Mais Blue a raison. J'ai quelque chose à terminer.

Pas question qu'il marche à travers les arbres pieds nus. Il se métamorphosa, poussa Cassidy devant lui, puis la suivit tandis que Blue les ramenait au terrain de défi.

Stacy était là, ses trois garçons serrés à ses côtés. Colt était toujours sous sa forme de loup et Jace s'avança pour toucher le nez de l'enfant du sien.

Colt reprit forme humaine, les yeux écarquillés. Il resta assis au sol, une main levée pour caresser timidement l'épaule de Jace.

— J'avais peur, murmure-t-il. Mais j'ai fait ce que tu as dit.

Silencieusement, Jace frotta sa tête à lui, marquant son approbation. Ils auraient tout le temps de discuter plus tard, mais pour le moment, Colt sourit et laissa échapper un soupir tremblant.

Quelques secondes plus tard, Jace retourna au centre de la clairière où Del l'attendait, sous sa forme humaine.

Il se métamorphosa sans quitter son cousin des yeux.

— Il y a une autre solution, proposa-t-il. Il n'est pas nécessaire que ce soit tout ou rien.

Étrangement, l'attention de Del n'était pas sur Jace, mais sur Stacy et les garçons, près de la clairière.

— Tu l'as sauvé. Je n'ai pas réussi, mais tu l'as fait.

— *Nous* les avons sauvés. Nous avons fait ce qu'il fallait, et c'est ce que fait une équipe de chefs.

Jace planta fermement ses jambes au sol et croisa les bras sur son torse.

— Tu as fait quelque chose de très difficile pour devenir

Alpha, et tu as dirigé du mieux que tu pouvais. Mais tu es fait pour quelque chose de différent, Del.

C'était suffisant pour attirer l'attention de son cousin qui haussa un sourcil.

— Ta profession me parait évidente : tu es un combattant. Tu te bats pour la justice et tu fais du bon travail. Ce qui me fait penser que tu serais plus à ta place en tant que Meneur.

Les yeux de Del s'écarquillèrent.

— Meneur ?

— Eh bien, Blue a la position d'Omega puisque ni toi ni moi ne pouvons réaliser le charabia magique qu'il fait. Et mon loup est plutôt déterminé à être l'Alpha. Mais tu dois faire partie de l'équipe.

Le regard de son cousin se tourna une fois de plus vers l'endroit où les femmes attendaient en les écoutant attentivement, avant de revenir à Jace.

— Je suis d'accord que Blue est notre Omega. Et j'aime l'idée d'être le Meneur. Mais je pense que tu dois admettre que tu n'es pas le seul Alpha ici.

La compagne de Jace interpréta manifestement mal ses propos et fronça les sourcils. Cette simple expression déterminée, permit à Jace de poursuivre.

— Tu as raison. Cassidy, tu veux bien nous rejoindre, trésor ?

Elle parut surprise.

À ses côtés, Stephanie écoutait attentivement tandis que Blue lui murmurait à l'oreille. Ses lèvres se retroussèrent et elle passa ses bras autour des épaules de Cassidy, puis la poussa vers le milieu.

— Vas-y. Tu meurs d'envie de leur mettre un peu de bon sens dans le crâne, à ces deux-là.

Cassidy était peut-être choquée d'être le centre de

l'attention, mais à deux pas d'eux ses épaules se redressèrent et son menton se releva. Elle marcha droit devant et se plaça aux côtés de Jace, comme pour défier Del de faire un mouvement.

Del sourit. Il croisa le regard de Jace puis celui de Cassidy.

— Pardonne-moi d'être si formel. C'est toujours bien de mettre les points sur les i et barres sur les t.

Cassidy attendit avec méfiance.

Del se tourna lentement, attirant l'attention des loups qui étaient revenus ou n'étaient jamais partis. Et puis tous les yeux rivés sur lui, il posa une main sur sa poitrine et parla d'une voix claire.

— J'ai été l'Alpha de cette meute, mais je transmets désormais cette responsabilité et ce privilège. J'assumerai le rôle de Meneur et j'utiliserai mon énergie, et si besoin ma vie, pour protéger la meute. Le combat est terminé, car j'accepte le règne de mes Alphas.

Alors que Del inclinait le menton vers elle, Jace entendit le rythme cardiaque de Cassidy s'accélérer. Il tendit la main et entremêla ses doigts aux siens en souriant, car la situation était juste.

Del la regarda également en s'inclinant, et chuchota :

— Ça serait bien que tu dises quelque chose du genre « nous acceptons ton service et... »

— Tes rampements éternels ? suggéra Jace.

Del fronça les sourcils.

— Tu es vraiment un abruti.

— Un abruti *d'Alpha* pour toi, le corrigea Jace. Mais je te suggère de ne pas traiter ma compagne d'idiote si tu veux garder la tête sur les épaules. Tu peux l'appeler Alpha suzeraine, ou Alpha suprême, ou Alpha extraordinaire.

Cassidy serra les doigts de Jace avec force.

— Tu vas être le Meneur de la meute, émit-elle, mi-question, mi-déclaration.

— Tant que toi et Jace serez les Alphas, oui, dit Del fermement.

Elle en resta ébahie.

— Oh. Waouh.

Pour la première fois depuis longtemps, Del regarda Jace droit dans les yeux et ils échangèrent un sourire. La paix envahit Jace, et un sentiment d'apaisement les parcourut tous les deux. Et lorsque Blue avança à sa manière nonchalante, la dernière pièce manquante se mit en place.

Ils formaient enfin une meute telle qu'elle était censée être. Il y avait encore beaucoup à comprendre, mais cette équipe était comme elle devait être.

Il fallait maintenant qu'il convainque Cassidy de devenir sa compagne. Pas seulement son co-leader, mais son tout à tous égards.

Parce que c'est seulement à ce moment-là qu'il pourrait être complètement à elle.

18

———

De retour à Timberwolf Lodge, Stephanie et Blue offrirent une visite guidée à Stacy et aux garçons, comportant bains chauds et de nombreux câlins. Del réquisitionna un groupe de loups pour l'accompagner jusqu'à la rivière et promit de récupérer autant d'affaires que possible.

Quant à Cassidy, elle s'occupa de Jace, parce qu'il avait évidemment besoin d'une nounou.

— Je n'arrive pas à croire que tu sois resté là à jouer le loup macho alors que tu saignais, dit-elle en le poussant sous la douche. Reste là. Tu as encore de la saleté dans les marques de griffes sur ta hanche, et permets-moi de te dire que je n'aurais jamais cru dire ça un jour avec une telle nonchalance.

Jace se tourna docilement et la laissa le savonner avec un savon antibactérien.

— Mon loup rit au nez des microbes.

— Tant que tu ne m'auras pas expliqué par quel miracle un loup ne serait pas sujet à la septicémie, tu resteras immobile jusqu'à ce que je te dise le contraire.

Sagement, il ne bougea plus, mais chaque fois qu'elle lui jetait un regard, il souriait si fort qu'il aurait tout aussi bien pu rire.

Finalement, elle le laissa sortir de la douche et lui colla une serviette dans les bras.

— Sèche-toi.

Jace fit la moue.

— Je pensais que tu m'aiderais.

Elle l'ignora, se déshabilla et alla sous la douche pour se laver. Elle était sous le jet chaud, laissant l'eau couler sur son visage, quand il entra derrière elle.

Des bras forts l'entourèrent, et sa joue vint se poser contre la sienne.

— Je sais que tu pleures, même avec l'eau qui inonde ton visage.

Elle se tourna pour pouvoir poser son front contre son torse.

— Tu m'as fait peur. Tu m'as fait très peur.

Il glissa ses doigts sous son menton et leva son visage vers le sien.

— Et moi qui croyais que tu étais contrariée parce que j'ai fait de toi l'Alpha sans te le demander, dit-il en l'embrassant doucement avant de plonger dans son regard.

Il y vit alors de l'inquiétude, qu'elle s'empressa de balayer.

— Votre histoire d'Alpha est très étrange, mais je comprends. Je pense que tu as géré ça avec ingéniosité, mais j'aurais aimé que tu y penses avant que toi et Del commenciez à vous battre.

Il lui effleura la joue.

— Donc, il s'agit simplement de ma version poilue qui a plongé dans la rivière ?

— Loup, pas poilue.

Il rit, comme elle l'avait prévu, et elle attendit un peu avant de poursuivre :

— Nous sommes connectés. Je ne peux pas le nier et je ne veux pas le nier. L'idée même de compagnons destinés semble impossible, mais c'est aussi le cas des personnes qui se transforment en loups.

Elle enroula ses bras autour de son cou et l'attira plus près, le tenant et le serrant. Puis elle le relâcha et tourna la tête vers la chambre.

— Séchons-nous. Je te dirai la suite une fois que mes orteils ne ressembleront plus à des pruneaux.

Cinq minutes plus tard, ils étaient confortablement habillés. Jace s'appuya contre la tête de lit, tandis que Cassidy était assise les jambes croisées au milieu du lit.

Il lui tendit une main qu'elle prit et qu'elle posa sur son genou.

— J'ai utilisé ma louve pour te trouver.

Cette fois, ce fut lui qui écarquilla les yeux.

— Quoi ?

Elle acquiesça et poursuivit :

— Quand tu m'as emmenée courir ce soir-là, je suis restée au même endroit pendant que ma louve parcourait la vallée. Mais la deuxième fois, nous faisions l'amour, et nos loups étaient...

Elle le regarda, et lui revit cette expression espiègle qui disait qu'il se souvenait de chaque minute aussi clairement qu'elle.

— Nos loups étaient en plein ébat, donc je suppose que j'étais les deux à la fois.

— C'est vraiment émouvant, reconnut-il.

Elle se rapprocha.

— Quand tu as disparu dans l'eau, je ne pouvais pas rester là et laisser ma louve explorer seule. Je n'étais pas dans la situation plaisante de la deuxième fois, mais j'avais besoin d'elle, et elle a été là. D'une manière ou d'une autre, nous étions ensemble et elle m'a conduite jusqu'à toi.

Il acquiesça et attendit la suite.

— Je savais. *Nous* savions comment te retrouver.

Il s'approcha et saisit sa joue.

— C'est incroyable. Et je ne suis pas surpris. Pas du tout. Je savais que tu étais spéciale et que tu étais faite pour moi.

Le cœur de Cassidy battait à tout rompre.

— Depuis le premier instant où je t'ai rencontré, j'ai eu l'impression que nous nous appartenions. Je connais l'attirance envers les animaux et la passion pour quelqu'un, mais avec toi, c'est différent. C'est plus profond.

Il passa son pouce sur sa lèvre inférieure.

— Des compagnons destinés.

Cette phrase aurait dû l'énerver, mais elle ne ressentait absolument pas cela.

— Ce n'est pas seulement le destin, insista-t-elle. Pas si je te choisis.

CERTAINS MOMENTS ÉTAIENT GRAVÉS à jamais dans sa mémoire, et il savait déjà que celui-ci en ferait partie. Celui où Cassidy, ses grands yeux verts concentrés sur lui, l'embrassait.

Une invitation et une revendication, tout-en-un.

Jace attira Cassidy sur lui, ses courbes douces blotties contre son torse, ses mains s'enroulant autour de son dos alors qu'ils s'embrassaient, s'exploraient et se donnaient du plaisir avec des respirations tremblantes, des baisers et de tendres caresses.

Les vêtements qu'ils avaient enfilés disparurent. Il

faisait suffisamment chaud dans le lit avec leurs peaux nues, et la température augmenta encore tandis que Jace passait ses mains sur son corps et prenait ses seins en coupe. Sentant ses tétons perler contre ses paumes, il émit un bruit de plaisir.

Cassidy se mit à rire.

— C'est officiel. Tu es un homme à sein.

— Je suis ton homme, la corrigea-t-il. Mon Dieu, j'ai envie de te dévorer d'une seule bouchée.

— On a le temps. Tu pourras prendre plus qu'une bouchée.

Il commença par les seins, mordillant la douce courbe, léchant les mamelons. Cassidy se cambra et pressa sa tête contre lui alors qu'il se délectait du goût de sa peau et de l'anticipation alors qu'il descendait plus bas, embrassant son ventre, la taquinant avec sa langue le long de ses hanches.

Cassidy remua, puis soupira, et ses cuisses se séparèrent en guise d'invitation alors que Jace embrassait on sexe.

— Jace.

— Laisse-moi t'aimer, murmura-t-il.

Il la couvrit de sa bouche, traçant doucement les contours de son clitoris avec sa langue. Elle ondula si fort sous lui qu'il posa une main sur son ventre pour la maintenir immobile. Puis il passa une main sur sa cuisse et la releva. Son doigt caressa ses replis humides avant de glisser à l'intérieur.

Cassidy gémit, puis poussa un ronronnement tremblant alors qu'il rajoutait un autre doigt au premier. Il les replia à l'intérieur et elle haleta de plaisir.

Jace sourit.

— J'aime les bruits que tu fais.

— Viens ici et nous pourrons faire du bruit ensemble, proposa-t-elle.

— Les dames d'abord.

Il s'appuya sur un coude pour pouvoir la regarder. Cassidy soutint son regard, et les yeux grands ouverts, lui fit cadeau de chaque instant de plaisir. Quand son orgasme la submergea et qu'elle soupira de joie, Jace sourit.

Puis il la couvrit et s'enfonça profondément en elle avant même que ses spasmes cessent. Il fut donc enveloppé dans un poing de velours qui lui picota le dos de plaisir.

Cassidy continua à le regarder, les yeux brillants, intelligents et conscients.

— Je veux être ta compagne.

— Tu l'es. Tu le seras, promit-il.

— Pas dans le futur. Aujourd'hui. Je te choisis, Jace. Ton loup. Ta meute.

— Notre meute, la corrigea-t-il en faisant bouger son bassin et les faisant gémir tous les deux. Je dois te mordre.

Elle écarquilla les yeux.

— Seulement un peu, promit-il. Et j'ai entendu dire que ça faisait du bien.

Elle enroula ses jambes autour de lui et l'attira vers elle, accélérant la cadence afin de lui montrer son implication.

— Oui, dit-elle en enfonçant ses ongles dans les épaules de Jace et lui brouillant la vision. Oui, mords-moi. Fais-moi tienne.

Le plaisir rayonna à travers eux, les enveloppant et emplissant la pièce. Jace allait et venait énergiquement, gagné par l'extase et à bout de souffle.

Il passa une main entre eux, sur son clitoris, et le caressa tout en continuant ses puissants coups de reins. Cassidy haleta, puis grogna, au bord de l'orgasme.

— Jace.

Elle arqua le dos et son sexe se resserra autour de lui. À

ce moment, il enfonça ses dents dans son cou, une morsure vive et rapide.

Un plaisir extrême explosa à travers lui d'avoir son goût sur sa langue, et d'être en elle. Leurs esprits fusionnèrent et il ressentit chaque instant du plaisir sauvage qu'elle éprouvait.

À l'extérieur de la chambre, et avec la joie palpitant dans leurs veines, Jace les vit : une louve blanche qui se tenait à côté de son loup gris sur une haute colline. Le vent dans leur fourrure, leurs nez reniflant.

Des compagnons.

Jace ne put plus se retenir. Il parla de sa voix grave et rauque.

— Je t'aime.

Un frisson parcourut la peau de Cassidy, mais elle leva des yeux emplis de joie et d'émerveillement vers lui.

— Je t'aime aussi, dit-elle. Je te choisis. Pour toujours.

19

———————

Le lendemain matin, la table du petit déjeuner était un peu plus remplie et beaucoup plus bruyante.

— Hé, M. Blue.

Blaze, six ans, tira sur la manche de Blue, son enthousiasme pour les pancakes temporairement oublié.

— Oui, petit ? dit Blue en tournant toute son attention vers lui.

— Comment appelle-t-on un loup qui a de la fièvre ?

Blue fit un clin d'œil à Colt avant de répondre :

— Je ne sais pas. Comment appelle-t-on un loup qui a de la fièvre ?

Blaze posa ses mains sur la table et répondit avec enthousiasme :

— Un hot-dog.

Ses frères rirent comme de petites hyènes, tandis que Blue se tapait théâtralement le front avec la main.

Cassidy laissa les enfants avec Blue et rejoignit Stacy, qui coupait des oranges.

— Comment vas-tu ?

Son amie regarda ses enfants.

— Ils sont en sécurité. Je n'ai jamais été aussi bien.

Cassidy ressentit de la culpabilité de les avoir abandonnés la veille au soir, mais une union était tout de même un évènement important. La marque sur son cou la picotait toujours, mais cela ressemblait plus à un tatouage qu'à une morsure, même maintenant, moins de douze heures plus tard.

— Est-ce que Del a retrouvé la plupart de tes affaires ?

Les épaules de Stacy se contractèrent.

— Oui.

Jace s'approcha et passa son bras autour de Cassidy. Pas vraiment une revendication, mais plutôt comme s'il ne voulait pas rester loin d'elle.

— Je suis content que vous alliez tous bien.

Son amie posa le couteau, les mains légèrement tremblantes alors qu'elle les essuyait soigneusement. Puis elle leva son regard vers Jace.

— Je ne pourrai jamais assez te remercier pour ce que tu as fait.

Jace leva la main vers le visage de Stacy et essuya une larme qui avait coulé.

— Il n'y a pas de dettes entre amis. Il n'y a pas de dette en famille. Il n'y a aucune dette dans la meute, et vous en faites tous les trois partie. Toi et les garçons.

Une seconde plus tard, Stacy avait ses bras enroulés autour de leurs épaules, et luttait pour se ressaisir.

— Je suis tellement contente de vous avoir.

Cassidy la serra fort. Jace lui tapota le dos tout en parlant doucement.

— Prenons le petit déjeuner avant que numéro un et numéro deux se demandent pourquoi leur maman est bouleversée.

— Je ne suis pas bouleversée, insista Stacy en les

relâchant et s'essuyant les yeux avec le dos de sa main. Je suis tellement reconnaissante que tu aies été là quand ce foutu pont a cédé. Je pensais qu'on allait mourir.

Sur le plan de travail, Stephanie finissait de mettre les derniers pancakes sur une grande assiette. Elle la posa sur la table puis tira Stacy sur le siège à côté d'elle.

— Mais je ne comprends pas pourquoi vous étiez sur cette route. Je vous ai envoyé l'adresse.

— Trois séries d'instructions, se plaignit Stacy. Je n'ai pas arrêté de changer les coordonnées du GPS. J'ai suivi les dernières que tu as envoyées.

Stephanie secoua la tête.

— Sissy, tu penses vraiment que je me suis risquée à la technologie et aux coordonnées plus d'une fois ? Je ne t'ai envoyé qu'une adresse, la même que celle qu'on a suivie pour arriver ici, et cet itinéraire était loin de la zone sinistrée.

Trois paires d'yeux curieux se tournèrent vers elles tandis que les garçons les écoutaient. Cassidy se dépêcha de changer de sujet de conversation.

— Eh bien, quoi qu'il en soit, tout s'est bien passé.

— Oui, conclut Jace en déposant un baiser sur la nuque de Cassidy.

Puis il se laissa tomber sur le siège à côté de Colt, qui le regardait avec une crainte réservée aux superhéros. Jace étudia les garçons, les yeux plissés.

— Prêts pour votre premier grand test de la meute Jasper ?

Les trois écarquillèrent les yeux.

— On appelle ça le défi de la montagne de cochons.

Stephanie renifla.

— Oh, j'imagine déjà la suite.

Un coup fort fut porté à la porte, qui s'ouvrit à la volée et rebondit contre le mur.

— Ne commencez pas le jeu de la montagne de cochons sans moi, déclara Marvin en entrant avec un énorme plateau en équilibre dans une main.

Il fit un clin d'œil à Cassidy.

— Hé, chérie. Je te dirais bien que je me suis invité tout seul à votre petit déjeuner, mais c'est celui-là qui m'a dit de venir, dit-il en désignant Blue.

Tout le monde se retourna vers Blue qui leva les mains en l'air.

— Je savais que Jace lancerait un défi, et Marvin est le seul à pouvoir lui donner du fil à retordre.

Cassidy rit et approcha une autre chaise de la table.

— D'accord. Fais comme chez toi, Marvin. Oh, pardon, c'est déjà fait.

Marvin sourit. Le plateau qu'il portait s'avéra être rempli de bacon croustillant.

Jace montrait aux garçons comment construire une montagne de cochons – en alternant des couches de pancake et de bacon, puis arrosa le tout de sirop d'érable – lorsqu'un autre coup retentit.

— C'est La Gare Centrale ici, déclara Stacy en se levant avant Cassidy. J'y vais. Je te laisse surveiller ce qui, je pense, va donner à mes garçons un gros mal de ventre.

Cassidy regarda avec curiosité Stacy se diriger vers la porte et l'ouvrir. Del se tenait là, les mains dans les poches, le regard parcourant l'assemblée puis revenant sur Stacy.

— Bonjour.

Elle lui claqua la porte au nez et retourna calmement à table.

Cassidy et Jace échangèrent des regards perplexes, puis la jeune femme se leva pour ouvrir la porte.

Del restait là, se frottant le front.

— Elle t'a tapé la tête avec la porte ? C'est allé vite.

Il cligna des yeux puis lui adressa un faible sourire.

— Hmm non... je suis venu voir comment tout le monde allait après les aventures d'hier.

Jace rejoignit Cassidy, et passa un bras autour de ses épaules.

— Tu veux venir prendre le petit déjeuner ?

Del jeta un coup d'œil dans la pièce, puis son regard revint à nouveau vers eux et se tourna cette fois vers la marque sur le cou de Cassidy.

— Oh ouah. Félicitations à vous deux.

— Merci, répondit Jace en hochant fermement la tête et prenant Del par le bras pour le faire entrer. Tu restes pour le petit déjeuner.

— Euh, mais je ne suis pas sûr...

— Monsieur Jace ? Colt s'est transformé en loup. Ce n'est pas juste. Il peut manger bien plus de montagnes de cochons s'il est un loup, se plaignit Blaze tandis que Colt laissait échapper des jappements ravis.

Jace rit devant le chaos qui régnait dans la cuisine.

— Allez, Meneur. Va contribuer à faire respecter les règles, dit-il en poussant Del vers la table.

L'homme obéit volontiers et trouva une chaise à côté d'Ace, cinq ans.

Cassidy retint Jace avant qu'ils retournent à leurs places.

— Qu'est-ce qui se passe entre eux ? murmura-t-elle en pointant un doigt entre Stacy et Del.

Stacy prit sa chaise et l'éloigna de quelques centimètres de Del. Puis elle lui tourna le dos et devint extrêmement intéressée à aider Blaze à construire une énorme montagne.

— Aucune idée. Blue le sait peut-être, mais pour

l'instant, n'y prêtons pas attention, dit-il en l'embrassant avant de déclarer bien fort : J'arrive pour tous vous affronter.

Le repas se déroula dans une bonne ambiance de rires et d'un sentiment de famille que Cassidy était ravie d'expérimenter.

Elle procéda à une lente évaluation du groupe. Ses deux meilleures amies, ici dans un nouvel endroit, prêtes à affronter la prochaine étape de leur aventure. Elles avaient commencé à prendre leurs marques, même s'il leur restait encore un long chemin à parcourir pour faire du lodge une station de vacances viable.

Elles devaient obtenir l'approbation de la meute Wilson – elle avait réalisé que c'était des loups, et non ceux de Jasper – avant le printemps prochain. C'était faisable, qui qu'elles aient à impressionner.

Surtout si les nouveaux venus à la table faisaient partie de la solution. Blue, avec son sourire vif et son cœur doux. Del, qui s'était révélé solide comme un roc et intrépide quand il l'avait fallu.

Marvin, la nounou élan... qui aurait pu le deviner ?

Et Jace.

Cassidy croisa son regard et la zone sur son cou la picota. À l'intérieur d'elle, quelque chose de sauvage s'étira. Sa louve ? Tout cela était tellement excitant et elle avait encore tant de choses à apprendre sur cette partie d'elle-même.

Mais c'était Jace qui faisait battre son cœur : son regard bleu comme un morceau de ciel qui l'effleurait, telle la douce liberté de l'air frais et de la nature sauvage. Son cœur juste là, qui battait pour elle.

Son amour. Incroyable. Sauvage. Parfait. Tout cela pour elle.

Tous ces changements la firent sourire. Elle cherchait un nouvel endroit, de meilleures options, mais n'aurait jamais pu imaginer que l'option Alpha serait la sienne.

Elle se leva et alla s'assoir sur les genoux de Jace pour lui piquer son dernier morceau de bacon sur sa fourchette. Il haussa les sourcils puis l'embrassa, ignorant les gémissements de protestation théâtraux des petits garçons face à cette démonstration publique d'affection.

Oui, songea Cassidy en souriant à son compagnon et aux autres rassemblés à la table. Ce n'était pas une option dont elle aurait un jour rêvé...

C'était mieux.

ÉPILOGUE

Les enfants étaient dehors avec Blue, Jace et Marvin pour se défouler après avoir mangé beaucoup trop de montagnes de cochons. Stephanie et Cassidy avaient disparu dans leur bureau afin de vérifier les dates de livraison des fournitures.

Ce qui laissa Delaney Vezina – l'ex-Alpha de la meute, et nouveau Meneur – un peu perplexe alors qu'il se tenait devant l'évier de la cuisine, les mains dans l'eau de vaisselle sale des plats du petit déjeuner.

C'était une tâche humble, mais parfaite. Parce que l'autre personne encore dans la pièce était Stacy, qui débarrassait silencieusement la table et empilait les assiettes dans le lave-vaisselle.

Mon Dieu, il avait été un imbécile. Ces dernières semaines, chaque fois qu'il reniflait Stephanie, Del se demandait pourquoi cela semblait presque être elle. Maintenant, c'était clair : ce n'était pas Stephanie qu'il attendait.

C'était Stacy. Elle était sa compagne destinée.

Ce qui était parfait – sauf qu'elle le détestait.

Del frotta un peu plus fort la graisse de bacon sous ses doigts. Bon sang. Il avait l'impression de faire un pas en avant, deux pas en arrière ces derniers temps.

Le simple fait d'être dans la même pièce qu'elle lui était douloureux.

Il avait ressenti un certain intérêt pour Cassidy en raison de sa force. Un tiraillement intrigant envers Stephanie à cause de l'odeur déroutante...

Stacy dépassait de loin ces deux sensations.

— Tu vas arracher le fond de cette casserole.

Elle se tenait près de lui, ses iris brun doré brillant au soleil alors qu'elle lui offrait un petit sourire hésitant.

Maladroit tel un adolescent énamouré, il laissa tomber la casserole dans l'évier et fut trempé par les éclaboussures d'eau savonneuse, du milieu de la poitrine jusqu'aux pieds.

Stacy haleta et recula. Elle avait également été touchée. L'eau trempait l'avant de son haut, et il détourna son regard de ses seins avant d'aggraver les choses en la fixant.

Mon Dieu, il voulait regarder. Il voulait la déshabiller et la lécher...

— Désolé. Désolé.

Il prit la serviette et tendit la main pour la sécher, reconsidéra sa décision, et lui tendit la serviette à la place.

— Je suis vraiment désolé.

— Tu l'as déjà dit.

— Je le répéterai si tu veux.

Il parlait pour ne rien dire. Mais enfin, quand avait-il perdu ses couilles pour se transformer en soumis pleurnichard ?

Ah oui. Quand elle l'avait giflé dans les bois la nuit précédente, puis lui avait claqué la porte au nez il y a quelques heures.

Stacy prit la serviette et la tamponna contre son haut,

mais son expression était pensive et pleine de remords. Elle le regarda droit dans les yeux.

— C'est moi qui te dois des excuses.

Del ne bougea pas.

— Quoi ?

Elle inspira profondément, le regard tremblant, mais sans le détourner.

— La nuit dernière. J'étais bouleversée de laisser Colt, mais tu as fait le bon choix. Tu m'as mise en sécurité, et même si, (sa voix se brisa, mais quand il voulut s'approcher pour la réconforter, elle leva la main) même si le pire était arrivé et que Colt avait été emporté, tu as eu raison de me sauver. Si j'étais restée coincée dans le monospace, et qu'on était morts tous les deux, Ace et Blaze auraient été sans mère.

Un frisson glacial l'envahit. L'idée qu'elle ou l'un des garçons disparaisse le bouleversait énormément.

Elle poursuivit :

— J'ai l'habitude de prendre mes propres décisions. Mon premier mari partait souvent en déplacement, alors il me laissait gérer les choses à la maison comme je le voulais. Et mon deuxième mari...

Elle secoua la tête.

— Disons simplement qu'à la fin, j'ai dû gérer beaucoup de choses toute seule aussi.

Del voulait la prendre dans ses bras et la serrer contre lui. Il voulait entendre tout ce qui n'allait pas pour pouvoir y remédier.

Il était complètement amoureux.

Stacy se redressa et son expression devint sérieuse.

— Regarde-moi en train de parler et blablater. Tu n'as pas besoin de savoir que je suis passée du meilleur mari au monde au pire mari de tous les temps, mais peut-être que ça explique pourquoi le fait de me dire ce que je devais faire m'a rendue furieuse.

— C'était une situation stressante. Je n'ai pas été offensé, lui assura-t-il.

— Je dis juste que tu as eu raison de m'emmener, malgré mes protestations. Merci d'avoir pris la décision à ma place.

Les pieds de Del étaient cloués au sol par le choc.

— Je suis tellement content que ça se soit bien terminé, mais merci de me dire ça.

— Et je n'aurais pas dû te claquer la porte au nez, poursuivit Stacy en déglutissant avec effort. Je... Eh bien, je suppose que nous partagerons plus de secrets dans les jours à venir, puisque Cassidy a expliqué que tu faisais partie de la direction de la meute. C'est mon nouveau départ avec les enfants. Un nouveau départ, dit-elle en fronçant le nez de la manière la plus adorable.

Il en avait entendu des bribes et savait que son fils aîné venait de ce mari militaire décédé en service. En ce qui concernait les deux plus jeunes — leur père semblait poser bien plus de problèmes.

— Je n'ai pas besoin de connaître tes secrets.

— Non ? Eh bien, je suppose que pas encore. Mais tu méritais des excuses. Je suis désolée et je suis heureuse d'être ici. J'espère que nous pourrons être amis à l'avenir.

— Absolument.

Il fallait bien commencer quelque part. Mais il ne s'arrêterait pas à l'amitié.

Stacy hocha la tête.

— J'ai besoin d'amis, rétorqua-t-elle en riant, et en le remplaçant à la vaisselle. Beaucoup, beaucoup d'amis.

— Alors voilà un bon départ, promit Del. Pas seulement parce que Cassidy est un roc et que toi et ta sœur semblez formidables. La meute sera là pour toi aussi.

— Bien.

Stacy hocha la tête, mais elle était visiblement distraite.

Il l'était aussi pour être franc.

Sa compagne était là et il ne pouvait pas dire un mot. Non seulement elle devait apprendre la dynamique des loups, mais elle avait également besoin de temps pour s'adapter après son déménagement, s'installer avec les garçons et faire du lodge leur foyer.

Elle devait aider ses amies à relever le défi que tante Rachel avait lancé lors de la loterie et faire de Timberwolf Lodge un succès.

Son loup s'étira à l'intérieur, impatient de chasser. Impatient de rencontrer officiellement sa compagne. Il avait hâte.

Tous deux travaillèrent en silence, côte à côte, finissant le nettoyage du petit déjeuner. Mais pendant tout ce temps, Del complotait et planifiait, créait des possibilités et les rejetait.

Elle essuya une dernière fois le plan de travail, lui offrit un sourire tremblant, et quitta la pièce.

Delaney Vezina la regarda partir, une décision et un vœu montant avec force en lui. Stacy voulait un ami ? D'accord, ils seraient amis. Ensuite, il la courtiserait, la gagnerait et prouverait qu'ils étaient censés être amants. Puis compagnons, puis une famille.

Il n'avait pas été souvent joueur, mais ça ? Il était prêt à parier tout ce qu'il possédait, à prendre des risques et à y arriver.

Del voulait Stacy, quoi qu'il en coûte.

Il était déterminé.

Vivian Arend, auteure de best-sellers au classement du *New York Times*, vous propose une trilogie feel-good paranormale : **Timberwolf Lodge**.

Timberwolf Lodge
Le Jeu et la Chandelle
Le Pari du meneur
Le Sort en est jeté

Vivian fait actuellement traduire ses nombreuses séries. Merci de consulter son site web pour toutes les dernières informations.
www.vivianarend.com/fr

À PROPOS DE L'AUTEUR

Avec plus de 3 millions de livres vendus, Vivian Arend est une auteure de best-sellers figurant aux classements du New York Times et de USA Today. Elle a écrit plus de 70 romances contemporaines et paranormales.

Ses livres sont des romans intégraux qui peuvent se lire indépendamment de toute série et ne se terminent pas sur un suspense. Ce sont des histoires pleines d'humour et d'émotions, avec des moments sensuels et des fins heureuses. Vivian estime avoir le plus beau métier au monde. Elle habite en Colombie-Britannique, au Canada, avec son mari depuis plusieurs années (l'inspiration de chacun de ses héros et un compagnon volontaire pour toutes sortes d'aventures).

www.ingramcontent.com/pod-product-compliance
Lightning Source LLC
Chambersburg PA
CBHW032307310726
48973CB00008B/2552